我在书店等你，与阅读相遇！
悲观·是一种远见
中信出版

麦田书店
WHEATFIELDBOOKSTORE

古籍

古籍

给你点颜色看看

南国
WESTERN
CLASSICS

八月
复仇是甜蜜的，而且
不会发胖。

怪谈
怪谈
日本之味道
枕草子
石川啄木
古事记
古事记
如梦记
全怪谈
田中贡太郎
山海经
山海经
小岩井
小岩井
诸神纪
妖怪大全
（日）水木茂 著
山海经
山海经
万物纲目
山海经
校诠
顾客预留

铃木光司
铃木光司
百鬼夜行 阳
四月女友
山海經校注
山海經
山海经 神怪异兽全画集
下卷
山海经 神怪异兽全画集
乌山石燕 百鬼夜行全画集

纸牌屋

博文书店

留神掌柜五星推荐
DANIEL KEYES
DANIEL KEYES
比利战争
遇见你之
全球近50国读者一致认可
"龙妈"艾米莉亚·克拉克主演同名电影

UNIVERSAL STUDIOS
SCENE
TAKE
ROLL
DATE
SOUND
PROD.CO.
DIRECTOR
CAMERAMAN
福
溢价出售
签名版
福

幼教玩具
文房四
体育办
电教数
家居精

天澤書店

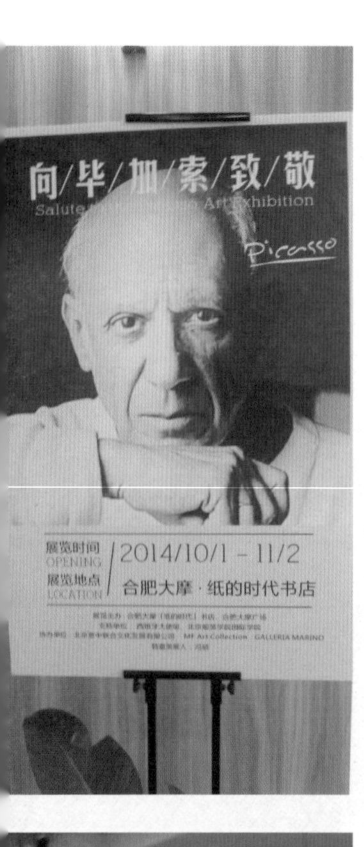
向/毕/加/索/致/敬
Picasso
展览时间
OPENING
2014/10/1 - 11/2
展览地点
LOCATION
合肥大摩·纸的时代书店

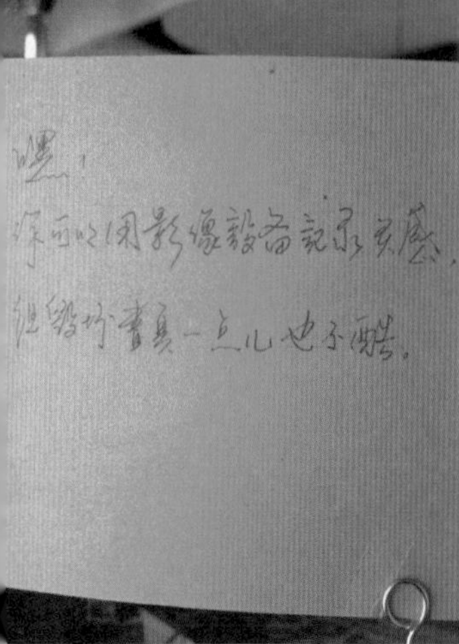
嘿！
你可以用影像設備記錄靈感，

保羅的口袋
AUL'S POCKET
保羅的口袋
独立书店
概念餐厅
Paul's Pocket

加入会员

生活
我的阅
Reading is

1月3日开始进入最后的整理阶段，1
關中大書房

人间一年·留神一天
悲观·是一种远见
中信出版
读客专区
世纪三部曲
世纪三部曲
银河帝国
银河帝国
大江大河

书店
年輕的時候以爲不讀書不足
以瞭解人生，直到後來才發現，
如果不瞭解人生是讀不
——讀書的意義大概就是
「用生活所感去讀書，
用讀書所得去生
2013
6月 Jun
天堂 時光

天堂时光旅行书店
PARADISE TIME TRAVEL BOOKSTORE
以梦为马 随风散落天涯
只为途中与你相见
Only to meet you on the way

鍾書社
钟书社
招聘

西藏故事
明信片
¥8/张
请先付款后填写

我在书店等你

朱晓剑 著

阅在心里
读在途中

金城出版社
GOLD WALL PRESS
·北京·

图书在版编目（CIP）数据

我在书店等你 / 朱晓剑著 . —北京 : 金城出版社有限公司，2020.3
ISBN 978-7-5155-1900-5

Ⅰ. ①我… Ⅱ. ①朱… Ⅲ. ①随笔—作品集—中国—当代 Ⅳ. ① I267.1

中国版本图书馆 CIP 数据核字（2019）第 205079 号

我在书店等你

作　　者　朱晓剑
责任编辑　雷燕青
责任校对　李晓凌
责任印制　李仕杰
开　　本　880 毫米 ×1230 毫米　1/32
印　　张　8.5
字　　数　200 千字
版　　次　2020 年 3 月第 1 版
印　　次　2020 年 3 月第 1 次印刷
印　　刷　天津旭丰源印刷有限公司
书　　号　ISBN 978-7-5155-1900-5
定　　价　58.00 元

出版发行　**金城出版社有限公司**　北京市朝阳区利泽东二路 3 号　100102
发 行 部　(010) 84254364
编 辑 部　(010) 84250838
总 编 室　(010) 64228516
网　　址　http://www.jccb.com.cn
电子邮箱　jinchengchuban@163.com
法律顾问　北京市安理律师事务所　（电话）18911105819

序 言

逛书店多年，似乎也有要说一说逛书店的理由。每次游走不同的都市，都不忘去那些独立书店看看，如此也就有了些许感想。

书店最美的风景是人。在不同的书店闲逛、淘书，总能遇到不同的故事。它们已经成为书店文化的一部分。

当我们在感叹“这不是一个阅读最好的时代”时，也许就会发现，阅读其实一直在我们身边。面对“纸质阅读是否还会存在”的话题，我坚信，纸质阅读依然有不可替代的魅力。

当我们听到关于书店的不同论调，让人愈加感叹书店对当下的意义。不管将其上升到如何的高度，“阅读的好时光”似乎都不复存在了。但是，正如同书店不只是贩卖图书的空间，书店也是文化传承的一部分。

在爱书人的眼里，书店依然充满着迷人的光环。

今天，独立书店依然在坚守，依然在努力经营着一方阅读圣地。我在书店等你，与阅读相遇。这就是我写作这本书的初衷。

当走过许多城市，你就会发现，还是有那么多的独立书店存在，恰好说明阅读在我们的世界里不可或缺。固然，阅读是一个人的私事，但在书店里却能让我们寻找到志同道合者。从小众的阅读出发，也许我们就会抵达更为宽阔的世界。

2019 年 8 月 31 日

目录

卷一　逛书店

卷二　书店事

卷三　书店症候群

“阅读 分享

逛书店，不求他遇，只为了那一册书。一杯茶，一册书，度过一个悠闲的下午，一种很好的享受。

卷一 逛书店

在这样的气场里，最相宜的就是来一杯咖啡，再来一册书了。于是，下午的时光就在不知不觉中充溢了起来，甚至有些人生浮华的印记了。

“

时间凝固了书香

醉了，午后的梦幻时光

关中大书房

到西安去逛书店的话，林林总总的还有不少可逛的，如博文书社、淘书公社、汉唐嘉汇、古籍书店，等等。当然少不了关中大书房，这家店正名叫万邦图书城。老总魏红建每次路过成都时都说，你不来西安看看我们的店，你可能就不知道中国的书店特色在哪儿。

这话说得口气有点大，那得去看看。

于是，专门抽个时间跑过去。坐火车到西安已是夜里了，书店已经打烊，我在门口晃荡了半天，干脆就住在书店的楼上，第二天一定第一个进去看看它的模样。

那一晚，没睡好。

第二天，一大早，书店还没开始营业，门半掩着，我走了进去。东张西望，可看的东西还真是不少，老物件摆得满满当当，让人想起巫鸿的书《物尽其用》。书店划分了好几块区域，前台附近是创意产品，在书店中间有个门楼，右侧是学生用书，再进来，又是另一重天地，仔细浏览，图书分门别类，精彩非常，还有不同的专柜，如陕西文化、日本文学、“反乌托邦”专柜、抗战专题、爱书人文丛，等等，找书方便极了，步上木质楼梯，来到二楼，则是艺术的天堂，书法字帖，琳琅满目，也有一角天地专门卖特价书。再往右走，是一间叫木光的书吧，也别有风采。

看完书店之后，我发了一条微博说：有家书吧叫木光书吧，环境好。老桌子，老椅子，老板凳，坐着聊天，都觉得舒服，书是可以看的。在西安，这是最有文化的书店，放眼华文世界，也是一流的。书店要做自己的特色，当然方法有很多种，像这样在书店阅读，有在书房看书的感觉，还真不多见。不料，有位网友“书行者”跟了一句：“不过服务员，尤其是收银员态度不好。华文世界一流？太夸张了。”看来这位仁兄逛过的书店不多。

关于逛书店的多少，我觉得没有争辩的必要。至于对这个“华文世界一流”的说法，我想是当之无愧的。在不同的城市我也见过不少大大小小的书店，风格各异，但仅就书店面积、图书品位看，却也芜杂得多，能深得书店之精神的就更少了。虽然有一些书店的名头很响，但在我看来不过是名头而已。

对一个书店控来说，对书店的热爱就是那里的一切，比如书架的尺度、书籍的陈列、书架间的距离，以及由此带来的视觉享受，都是不可忽略的。至于店员的服务水准怎样，也大致有一个评判

（有时店员把日常生活的情绪带入工作，也似在所难免）。

那些老物件如桌椅板凳，无不是有着几许故事

在接下来的几天，我没事就待在书店里，做一个旁观者，在书丛间巡游。坐在书吧里，四下张望，读者在面对不同的书时会有怎样的肢体语言和表情，当然只是在旁边“偷窥”一下，就好像你不经意地“偷窥”到他（她）跟书的关系。在楼梯上，时常遇到不同的阅读者，他们的表情不一，或微笑，或皱眉，却是书店里难得的风景。坦率地说，从对书的喜爱程度到喜欢上一家书店，并没有多少道理可言。但对关中大书房来说，那些老物件如桌椅板凳，无不是有着几许故事的，倘若慢慢整理出来，说不准就是一个书店故事集。

哪怕是一间书吧，也给人有家园或书房之感，偶然参加了一场“莫言的文学世界”分享会，人数不算多，大家讨论莫言和他的作品，氛围很好，中间也有争执，比如对莫言作品的某些解读极有献媚的表现。陕西的小说家不少，比如贾平凹、陈忠实、杨争光、秦巴子都有很不错的作品，也许在他们看来，莫言的作品也不是那么完美无缺的。但从现场看得出来，大家对文学的热爱之情还是洋溢在脸上的。

有意思的是，在西安，许多店家的取名就显示了气象不凡，多少显示出些古城的风韵，比如万邦、汉唐之类的在街上经常遇到。至于“万邦”一词的来源，则是《诗经·小雅·六月》中的一句话：“文武吉甫，万邦为宪。”在魏红建的眼里，其实更包含

汇聚一堂好书的场所。有好几次，我问身在西安的朋友，他们给的答案几乎是相同的："我买书有三分之一是在万邦，想读什么书，都能找到。"这岂不就是书店引领的一种阅读精神吗？如此，这店当真称得上是关中的大书房了。

24小时书店还开着吗？

24小时书店曾在全国火了一把。西安的24小时书店有两家，一是嘉汇汉唐书城，一是万邦书城。其中，嘉汇汉唐书城在每周一、周三、周五和周六是24小时营业，万邦书城周二、周四、周六和周日是24小时营业，并在夜间穿插各种主题活动。周六，刚好是万邦书城的24小时书店时间，虽没有相应的活动，也不妨去寻找一下。深夜，发现不知几时天空飘起了细雨，已经是11点钟了，这样的天气，书店还会有访客吗？真的很好奇，西安的爱书人这时候是否还有兴趣在书店闲逛，看书，交流。

书店的门开着，店堂里灯火通明，两位店员在吧台值守，没有看见人声鼎沸的场面。我倒不觉得奇怪，其实，这样的夜晚能守在书店的，也真是读书人中的异数。

在楼梯口，坐着一位衣着朴素的女子在摆弄手机。在她旁边的台阶上摆着好多个坐垫——用稻草编织而成，很可能是一件件手工作品。我沿着木质楼梯上得二楼，书吧里坐着好几位爱书人在捧卷阅读，那神情是专注的。我则在古旧书店区寻觅着，挑选了几册旧书，才离开书店。

前不久，跟朋友到西安游玩，看了看几位爱书人的书房，顺便就问问：关中大书房的24小时书店还在开着吗？回复说没开了。想来是因书店计划搬迁，所以24小时书店没开的缘故吧。跟几位朋友在关中大书房旁边吃饭，想着吃完饭，再逛逛书店，多美好的事。可惜的是，错过了时间，等我们赶过去，书店已打烊。

不过，在西安这个古城里有这样的人文书店，真是一件幸福的事。

雨中访尚书吧

去深圳，当然要逛一逛深圳书城——这是亚洲最大的书城了。有进口书店，亦有设计书店，更少不得各类的小书店，也有流动的美术馆——雅昌艺术展。

六月的雨出乎我的意料，昨天还是晴得好好的呢，今天就下起雨来了。

书友钟二毛在吃过早茶之后，要赶去上班，将我带到深圳书城独自溜达。看了半天的书店，才恍然想起，不能不去尚书吧。这家久闻名于江湖的书店，不知道引发多少文人墨客一探究竟。我在一楼找了半天，居然没发现，看楼层标识，原来是在书城的一侧，如果不是很留意，怕是就这么错过了。

雨淅淅沥沥地下着，似乎无休无止。这样的天气，泡书店大概是最好的选择了。书店的门口有“尚书吧”三个字，不是很醒目，似乎要的就是如扫红所言的“低调”。进得书店，在书店左侧有若干书架，上面陈列着旧书多多，进门的桌子上放着扫红的《尚书吧故事》和有“大侠”之称的胡洪侠的《书情书色》，两册书早已探入囊中，别处寻来，阿城、迈克、张大春的书当然少不得。边翻书边跟店员聊天，时间似乎过得很快又缓慢。等到两点一过，给 OK 先生短信，没回。之前换了电话，好多人都失去了联系。等了一阵，打电话过去，一报上名字，他就问，在哪儿呢？尚书吧。你看看有谁在？有空见见面。我把电话交给店员，然后旁边一个正在吃东西的女子说：“你找大侠，什么事？”我看了看说，也没什么事，就是见见面，然后说了一通，电话转给女子。

“朱晓剑，原来是你呀！我是扫红。”她热情地说。

呵呵，原来这就是著名的扫红，记得最多的是旗袍装的她，哪曾想过她也着便装，上次到尚书吧的杨璇同学不是说，见到一位穿旗袍的女子，应该是扫红，可惜没见面。

然后，坐下来，聊天，喝茶。外面的雨一直在下，偶尔有客人走进来。相比大书店，这里冷清了些许。氛围是古朴的，那些旧家具总让人怀想起某些发旧的故事。我想打听一下诸如马刀的故事，后来还是忍住没问，因为扫红开始在旁边的桌子上练习书法了。

在这样的气场里，最相宜的就是来一杯咖啡，再来一册书了。于是读蒋勋的《孤独六讲》，很是喜欢他的文字风格，以前也买过《舞动白蛇传》《天地有大美》。不过，读他的书需要一个静静的环境最宜，有舒缓的音乐再好不过，没有的话也无妨。于是，下午的时光就在不知不觉中充溢了起来，甚至有些人生浮华的印记了。

当然，临走的时候，总不能空手而归的，那就来一册阿城的《威尼斯日记》（麦田出版）。至于扫红的《尚书吧故事》，还是等她来成都签名好了。

雨还在下，似乎小了点，不由得想起了诗句：时间凝固了书香/醉了/午后的梦幻时光。店里陆陆续续有客人走进来，品酒、喝咖啡、论诗，成都尽管有“中国的书房”之称，但这样的书吧，还是少见了些。

守护心灵的使者

一个城市的根基或许不在于建筑多雄伟、街道多宽广、广场多阔大，而是这个城市的烟花气息是不是浓厚，是不是能在朴素的生活中过着安闲的日子。而支撑这样的日子必是不曾间隔的文化，更多的是要靠书店来传承。书店的存在，一直在人们的日常生活中扮演着不可或缺的角色。但书店的开张与关门似乎经常有之，其原因或许多样，但不管是怎样的一回事，书店始终承担着一座城市文明的延续。

在成都这座休闲之都，书店简直就是日常生活的一部分，但独立书店几乎难以长久存活下来，不是成都人对书店不热爱，而是书店提供阅读服务的水准总是落后于读者的需求。但也有例外，像位于四圣祠北街18-2号的荒漠甘泉书店，开了五年，在书店的旁边，某一天又悄然开了另外一家书店，原来有人眼红——书店也是可以当成一份职业的。

这家以心灵、宗教类图书为主的书店，店主查常明之前在三一书店、星期六书吧、满天星书吧做过，对图书行业十分熟悉，更为难得的是，这些书店时常搞些读书沙龙，聚集了成都大部分文化人，但由于种种原因，书吧没能继续做下去。可是有了这些经验，对开这家书店来说，简直是如鱼得水。

2005年，荒漠甘泉书店开业的时候，书店里的书还不是那么丰富，书店显得很阔大，如果搞小型的读书沙龙也许很适宜。

荒漠甘泉书店取意是文学名著《荒漠甘泉》，作者是美国传道人考门夫人，以日记形式书写，其内文引言主要以《圣经》为依据，也引入了其他神学著作中的内容，并结合夫妻二人的见证和生活，对《圣经》中某些经文展开了非常深入的阐释。很显然，查常明想通过心理指引，让人们在这个浮华的世界里有更多的时间与心灵对话。

书店在我的印象中，似乎并没有举办什么样的活动。前几年，我还是有一搭没一搭地去上班，闲时经常在这里混过去。在博客上我曾经这样写道：跑到荒漠甘泉书店，与查常明兄坐在太阳下，有一搭没一搭地聊天，晒得人昏昏欲睡。街边不时有美女走过，也不放在眼里。

这样的闲情逸致后来也被生活的压迫消磨掉，以致后来一年也未必去得了一回了。最近又去了一次，才发现书店里已经是满谷满仓，原来还可以起坐的空间全部被书占满了，在书店的中间放了张桌子，上面也全部是书，进得书店不能坐下来，只好站着浏览，书与书挤在一起，在浏览之余，也只能快速地看下去，似乎你不带走一册书就是对书大不敬似的。客人三三两两地来去，有寻书的，也有买书的。

等到查兄终于忙完，时间已经是下午一点半，此时的他还没有吃饭,喊了三两抄手。聊了聊近况,有个小孩子缠着大人买东西，哭闹起来，他又去劝小孩子……

面对网络书店的凶猛打折，实体书店开到今天已经十分艰难，能坚持几年，除了毅力和智慧之外，大概还得多种经营才好。时常看见书店除了卖书，以前杂志报纸少不了，现在还有杂货铺的倾向。

荒漠甘泉书店似乎也不例外，只不过卖的是笔记本、台历，以及小饰品。我没去问书店做得怎么样？看书店规模和陈列摆设就知道了，这些年，查常明在成都的生活全靠书店支撑。实体书店不像网上书店那样简单方便，需要有人值守，但这样的书店无力另外请一两个店员，因此查常明既是老板又当搬运工，所有的活一个人做，甚至连节假日都没有，更不要说出门去潇洒地旅行了。

又是有一段时间没联系查常明兄了，却意外地得知书店关停的消息，真是让人觉得遗憾啊。

在成都，这样的小书店还有很多。书店的老板大都是过着这样的生活，在别人看来靠着书店挣钱简直异想天开，但他们却独得其乐，不慕名利不慕仙。这样的书店还有求知书社、弘文书局等几家，数量不是很多，但这些书店的主人才是真正守护心灵的使者，让我们的岁月不再荒芜，变得葱茏起来。有时候，我们感叹一个城市缺乏人文风景线，仔细想来，或许是平易的生活当中缺乏点文化的调调了。

一家有格调的书店

前几天，我在微博上写道，抽个时间，去拜访成都新开张的几家书店。这次出行，也看了十多家书店，在一个县城，有家超市是当地唯一的书店，主要是教辅，其他的书几乎看不到。《中国周刊》杂志随后发了个访问过来：书店世道那么差，那几家新书店为什么还要开？我的回答是：因为成都的读书人多，市场在。

就我的朋友来说，有不少人是书店控，有位朋友一年买书十万块，消费基本上都花在书店了。我还有一位朋友开书吧，阅读量也巨大，他宣称，只要实体书店存在一天，就拒绝网购。

这几家书店有轩客会•格调书店和今日阅读书店。轩客会是新华文轩下属的品牌小书店，2011 年底在洛带古镇开了第一家试验店，效果和反响还都不错，我去看过这家书店，无论是书的陈列，还是书吧的座位，都跟新华文轩的其他店不太一样，有型，也有一种文艺范，没有那种僵硬的书城感。

轩客会随后在老街区、锣钯街75号开了新店，是“生活艺术”主题书店，在成都还没有类似的主题书店，通过产品组合将生活艺术相结合，营造轻松、休闲而又充满艺术气息的阅读氛围。进到书店会看见系列的旅行和阅读的书，在书店的墙上首次采用了主题书壁架陈列进行重点图书的推荐，以“轩客选书”和“媒体推荐”为主题的壁架陈列各推荐15种图书，每种图书都配以相应的推荐宣传，看上去效果很不错。

在书店里闲逛也能享受到生活和艺术的氛围，往右走是书的陈列区，按不同的主题陈列，在温暖的灯光中，能找到阅读的感觉，刚好有一张书桌，适合坐在那里随意阅读——打开一册《我的眼睛一睁开》，来到城市生活的主题地界，亦有《芳香博物馆》《如此书房》这样的书让人流连。往左走，是间小小的书吧，有着淡淡文艺气息，花瓶里的鲜花很清新，一缕缕芳香，跟书香混合在一起。在这里可以阅读，也适合几个人开一个小小的阅读会，或者就那么闲闲地坐着，翻开一册书，打望一下街上的行人，那种漫步正是这个时代所没有的。有点家常，又有点艺术的味道，也有欧洲进口瓷器的装点，这样的定调让书店看上去更“唯美”一些。

即使是巡弋在书架间，也能找到阅读的感觉。偶尔也有“艺术——源于生活，归于生活”主题沙龙活动在这里进行，阅读，分享，诗歌朗诵，“寻找书店风景”下午茶……这样的活动好像是在剧场经常上演，有着不同的精彩。

如果细心浏览，在书店显眼的地方还设立了“纸言片语”张贴墙，收集着各界读者的片言碎语和留言感悟。“成都也有这样的好地方”“愿艺术生活（主题书店）走进千家万户”“阅读就是一场更远的旅行”……诸如此类的留言让书店看上去更具有现场感，这也是书店格调的一种表达吧。

我的朋友寒雨青衣说：书店，存在便是风景，书店风景在眼里，书店格调在心里。书店是形式，书是内容，书店风景不仅在于形式更在于内容，同时更少不了做书店的人和读书的人的参与。对于书店的格调，不管是小资还是平民，有用心做书店的人和真正的好书便不失为一种令人喜欢的格调。

我猜，在这个书店寒冬里，有这样一家有格调的书店，夜晚亮起灯光，给在黑夜里行走的人些许温暖，正是这样的偶然和邂逅，故事才越来越长久。

在温暖中漫步

逛书店，不求他遇，只为了那一册书。一杯茶，一册书，度过一个悠闲的下午，一种很好的享受。

这些年，我在不同的城市零零散散地逛了上百家书店，不断重温与追逐着这种阅读的感受，可惜的是，离我们似乎越来越远了，书店正在一家一家地消失。但成都仿佛是个例外，路边街角常有小书店的身影，虽然店面很小，却给人温馨的感觉，想读的书也能在那儿找到，这正是这些小书店最“可心”的地方了。

多年前，我住的小区旁边开了家今日阅读书店，店面只有十多平方米，卖书也兼卖杂志，甚至还可以租书回家看。于是我在那里办了一张会员卡，没事时过去逛逛，找找自己喜欢的图书。可买可不买的书，干脆去租，值得一读的书，就毫不犹豫地买下来。像周国平的《妞妞 :一个父亲的札记》、吕胜中的《真实虚构》，都是在这家书店里遇见的……

不久，今日阅读书店在不少小区都开了分店，差不多都是以面积小、书多、杂志多为特色。书架并不高，只要踮起脚就可以够到顶层的书。而且，逛这样的书店并不像逛大型书城那般指向明确，想要的书一找就有，在这里常常是众里寻他千百度，东翻西找才能有惊喜，这可真应了淘书的“淘”字——逛书店的乐趣往往就在“淘”上，寻寻觅觅，才会有乐趣，才能有惊喜。

这也正是我偏爱小书店的缘故吧。即便不买书，哪怕只是看着一架架的书立在那里，也自觉开心不已。

今日阅读书店的配书总是很及时，曾有一次刚刚在网上看到某书评论，然后就迫不及待地去书店碰运气，一看新书区，那书正赫然摆在那儿，于是大为欢欣，赶紧付款，拆去腰封，坐下便读，那种先睹为快的感觉实在让人难忘——每逢令人欣喜的好书，总是不读不快。

这让我想起了爱德华·纽顿，另一种购书人的代表。面对别人的指责“买书不读”，他干脆回应说买书的乐趣“没有什么好向外界辩解的”，买那些珍贵的书“压根就不是要拿来读的”，只是稍稍翻阅摩挲“就已足够令我们无比开怀”——这样的心境，也许是另一种美妙的享受吧。

后来，今日阅读书店又开了新店。规模大了很多，不仅卖书，还有关于图书的创意产品出售，偶尔还会举办讲座。最令我喜欢的，是书店一角专门开了咖啡区，读者们新书在手，踱进去，点上一杯清茶或咖啡，书香与茶香或是咖啡的香味便一起飘溢开来。

曾有一本书《书店风景》，其中说：一个城市能否让人感受到幸福，最“柔软”的指数是看书店的多少。我觉得此言很有道理。小书店在无形中构筑了城市的一个文化空间，成了人们“灵魂休憩的好地方”，这就是书店的魅力所在！而作为读者的我们，不妨抽出时间，放松身心，尽情享受书店里的温馨——宁静、温暖的灯光之下，正是精神漫步的地方。

当一些知名书店相继消失的时候，悄然间，在今日阅读原有的复合模式基础上言几又书店应运而生，并迅速成长为连锁店，在成都、北京、上海、天津、西安等多个城市为读者提供温暖的服务，至今已走过了 13 年。

去绵阳，很偶然撞见小雅书房，仅仅因为在那里，绵阳诗歌刊物《终点》举行了一场诗刊首发式。

在我的印象中，这样的诗歌活动在绵阳还有好多，只是第一次放在书店里举行。书店不是很大，上下两层，楼下是书店，书店里的书形形色色，却颇有味道，楼上是一间书吧，可以举行一些小型的沙龙活动，仅仅这样罢了。但诗人白鹤林却告诉我，这家书店是绵阳最早的民营书店。

参加完活动，就在书店里闲逛，并随手写下了一条微博：在绵阳发现一家小书店——小雅书房。人文书超多，还偶然可见一些港台版的书。其购书袋上印着是凡·高的一句话：我在内心深处，总是想着要画一家暮色中的书店，有着黄色与粉红色的外貌，宛如黑夜中发出的光芒。不妨看作书店的精神象征。

小雅书房里的书，主要是人文社科类，有的书看上去很小众，却深得读者的喜爱，里面有《读库》所做的系列笔记本，以及其他的创意产品之类的小玩意儿，很文艺。台湾的汉声杂志也有一些。随手买了书两册：《植物学通信》《难忘的书与插图》，诗人刘泽球买了竹久梦二的书。

在这里，不管是新书、旧书都有相应的折扣。白鹤林说，他在这家书店买了不少书。我们在书店里行行走走，随手拿起一册书，白鹤林讲起他跟书的故事，那是属于诗人所特有的情怀。

那天，我拿到一张宣传单，让人觉得温馨无比：

不舍你我缘书而起的十年情谊
我们要把这小小书店一直开下去
城市安静的一角　我们继续
这里有堆到屋顶的好书任你自由来去
咖啡和音乐陪你厮磨零散时光
最终时光会去
但终会留给我们一些旧书、旧事、旧物的回忆……

这是小雅书房在2011年9月迁移现在的南河索桥城南名著之后的事情了。关于原来的书店，有位书友在博客中写道：小雅书屋，这名字听上去便有一种淡淡的清雅。它的面积不大，约有个30平方米吧，门面上“小雅书屋”那几个黑色的艺术字体，很有特色地守候着，亭亭地立在我所居的小区门前，隔着一条不宽的柏油路。每天上班下班，我都会从它的门前经过，常常是瞄上一眼就匆匆赶车或回家。如果在门口遇到小店的售书员，她还会摆摆那双修剪得非常漂亮的手，送给我一个快乐的问候。

在来小雅书房之前，也频频听当地的书友提起，那时候我对书店还不是这样的热衷，依稀记得还有一家席殊书屋，可已消失不见了（或许搬往他处了）。当地的一位书友曾在博客中深情地诉说与小雅书房的故事："书店就是装满文字书籍的宝贝，它的光芒并不炫目，却一定温暖动人。感谢它们，让我有地方可以流浪，让我恢复以为失去了的书写能力，絮絮叨叨，再次更新。"在豆瓣上亦有相关的评论："以学术书为主，氛围很好，店主选书的眼光很高，虽然地盘小了点，但是里面的书质量都不错。而这也正是读者对书店的爱，不再是一种精神的流浪。

我跟店主没有更深入地访谈。其实，你看书店的样子就知道他对书店的情怀，是多么炙热，你能感受到历经十多年的风风雨雨，书店虽然搬了新址，却初衷不改，这岂不是最好的说明吗？

很偶然，在网上看到一组关于小雅书房的系列照片，唯美得要命，好像是在诉说着书与书的故事，书架间的灯光，以及由此及彼透露出的光线是微妙的，二楼的阅读者因为灯光的缘故也引人遐思，好像在这个氛围里，不阅读几册书，都是过意不去的。

那么，再次去小雅的话，是不是能找回梦寻书香的感觉呢？我期待着。

有意思的是，在绵阳还曾经存在着一家名为卡尔维诺的书店，也许出现的时机并不是最好，所以很快就关门了。关于这家书店，不妨引用诗人白鹤林的诗句：

傍晚时分，在时常光顾的东街红帆书店后面
我们发现一家新开不久的书店
它有着比这个傍晚更加幽深的门面——恰似一本书
在时间的僻壤处翻开
一楼的书架边缘张贴着两三张古怪或生猛的纸张
像是给谁的留言
因为等待着虚构的相遇而露出生气的表情
两位守店的年轻女子在观看不知名的肥皂剧
不时传来压低的笑声
来到二楼继续猎寻一本——自由的诗篇
阁楼上的书架大部分是倾斜的（它修正了读者的失望？）
我倾斜着身子和眼镜
把杂乱无章的书籍浏览
却发现它们全都是陈旧的
仿佛是上个世纪的错版
当夜色完全笼罩神秘的小书屋
我们回到来时的街道上
跟着那寒冬夜行人
步出了装订有误的只有开头的故事

【附记】

2018年10月，我再去访问小雅书房时，已搬迁到绵阳市126文化创意产业园。书店的面积更大，上下三层，店里图书还是几年前的样子，但看上去却没有从前的阅读氛围了。

逛博文书店

在网上，很偶然地阅读到一位叫阿眉的书友写西安书店的文章，她写道：

在20世纪八九十年代，西安最繁华的商业街道东大街上，钟楼书店、少儿书店、外文书店三家国营大书店鼎立于此，楼上楼下上千平方米的面积统统用来经营书籍——用现在的眼光看是多么奢侈的豪举。后来民营书店渐起，东大街开在二楼的行知书屋，古雅的装修，全部低于视线的书架和书籍布置看起来通透敞亮，大大的书桌、椅子可以随便坐随便抄书，都是当时的开先河之举。还有书店一条街，端履门直通柏树林，数百米的小街上开了十几家书店，一家家慢慢地逛，轻易就打发掉一个惬意的下午。

我不记得跟书吃兄约着在书店相见的时候，遭遇过那么多的小书店，倘若有，也一准挨个儿逛过去。印象中，那天傍晚，他在博文书店里等待，我从小寨打车过去，却无论如何都打不到一辆车，只好搭乘一辆摩托车飞奔而去，轻易地找到了博文书店（就在卧龙寺的边上）。

关于这家博文书店，已有多位朋友推荐，你一定得去看看。阿眉在文章中亦提到它：

在后宰门多年的博文书店，门面很小很不起眼，在西安的爱书人中却名声赫赫，《南方周末》和《书城》杂志有关西安书店的报道中，都提到过这家小书店。那些只印三五千本的人文学术著作，众里寻他千百度之后，多半还要摸进博文，才能有蓦然回首的喜悦。老板很严肃，老板娘却亲切健谈——第一次上门的客人她也能相当准确地推荐可能喜欢的书，家中书橱里的几本书，如果不是这位阿姨大力推荐，我多半都不会拿下来翻开。最丰收的一次，一口气配齐了复刊头两年的全部《万象》，还有盈掌小册一套十本的《英华沉浮录》，提着两袋书在门口拦车时的心花怒放，至今记忆犹新。近年博文搬到柏树林，当年这里是书店一条街，现在整条街只有这一家书店。豆瓣上见过有人问博文搬到哪儿了？赶紧扮作指路牧童，真心希望这块牌子能撑久些。

这些书友趣闻，也实在是可爱有味。那天，我去得匆忙，见了店主老孙，闲聊了几句，他就跟书吃兄聊陕西的书人书事，亦有掌故。我倒没大留意，在书店里随意地浏览，书店的面积不过是三四十平方米，书的品种很多，以社科人文的居多，有一些书是出版社的库存书，因之可以多打一些折扣。也有一些新书，我因想着晚上要喝酒吃饭，怕带着书太麻烦，就随手买了一册法国诗人弗朗西斯·蓬热的《采取事物的立场》，薄薄的册子，放在包里刚刚好。此时，忽然想起第二天要参加长安诗歌节，正好可以朗诵一下，也未尝不可。书吃帮朋友买了几册书，算下来，也几乎是白菜价了。于是，又感叹一回现在的书店难做。

我本来想问一下书店的状况，社科人文的书店这几年走得艰难，更多的原因当然是跟书的价格折扣和网络冲击相关，但也说明了书店在这个时代，应该有谋求新思路的可能，倘若没有变化，早晚是会关门的吧。

老孙显然对文化圈很熟悉，听他闲聊，也是爱书之人，好书总会给自己留一册阅读的。其实，现在做书店的人更像是一群病人，对书的痴爱，总像一个老派的老夫子，在他们的眼里，名利什么的都是浮云，唯有书本能带来不一样的享受。

出得门来，已是七点过了，书店的灯光依然明亮，好像在这个夜晚，给迷失的城市人带去一点希望，那一缕书香才是城市精神和生活的延续，舍弃了这一点，即便是高楼再多，也不过是一个建筑的集合而已，何谈精神呢。

在拉萨逛书店

到拉萨逛书店，实在是没有多少可看的，倘若不是遇见古修哪书坊和天堂·时光旅行书店，我都会觉得有点汗颜，怎么会没有像样一点的书店？虽然拉萨也有好几家书店，店堂陈列和书的陈列，到底说不上有多少特色，邮局书店卖的是书刊，跟书关系不大，虽然也有一列西藏专题的书陈列，不成规模，在新华书店我看到的内容固然丰富一些，但到底距离一家好书店尚有一定的差距。

到拉萨的第一晚，从北京路上走过，印象中看见了书店的招牌，第二天再去寻访，却找不见，及至在街上闲逛，走到八角街附近夏莎苏巷，才看见古修哪书坊的招牌，不太醒目。“古修哪”是藏语“请到里面坐”的意思。这是拉萨最早的一间书吧，2003年5月1日来自内蒙古草原的美丽女子格力与安多的藏族小伙东智在拉萨创建了以米拉日巴大师为根源的连锁书店“古修哪书坊”。最多的时候有三家店，似乎现存的唯有这一家书坊了。

关于米拉日巴大师，令人想起的则是他的名言：“摒弃损人利己的利己主义，做那些你似乎吃亏但有利于他人的事情。总之，要做得问心无愧。”而这家书坊可谓是这一理念的践行者。

古修哪书坊里有国内外最新出版的藏学书籍，还有许多珍贵的图书和手绘地图、明信片、藏纸笔记本、纸灯等，在这里，可以找到很多关于藏族文化的书籍。据其老板娘格力说：“在我看来，‘古修哪’就是‘古代的修行者，你在哪里’的意思，之所以开这间书坊，很重要的一个原因就是希望给爱好读书的朋友们一些帮助和指引。”

我到书店，想随意拍一些照片，却遭遇到了阻拦，想必是不少游客来这里拍照，造成一些不好的影响吧。至于是怎样的影响，却不得而知。我在书店里看了看，除了图书，还有一些音乐碟片，简直是拉萨最人文的地方了。跟许多书店、图书馆相比，其氛围更具有藏文化特色，而这无疑也是书坊赖以生存的基础。拉萨的旅游旺季与淡季似乎也决定了书店的生存艰难，毕竟最大的文化消费群体是外来者。

从古修哪书坊出来，我沿着北京东路行走，无意间在一座拉萨日记的新楼盘遇见天堂·时光旅行书店。走进书店，才发现这家店还在试营业阶段。据其店长童童说，这是一家连锁书店，第一家店开在丽江的束河古镇，第二家在香格里拉，这里是第三家，第四家将开在珠峰，那将是世界上最高的书店了。悦读、分享、心香，是天堂时光的不变精神，希望能给在路上的人们一个栖息之地。

书店有一句广告语是：旅行中缺少了书香，怎会有那柔软的心意？书店里有大量的明信片出售，而这些明信片基本上是西藏的风土人情，大都是导演兼编剧潘致远在那曲支教时拍下的照片。在明信片上，都配上一两句或摘抄或自酿的句子，据说，它们的印刷、裁剪、装帧，一包包或成套或散放的明信片皆由老潘自己亲自过手。书籍都跟旅游相关，让人一下子能走进旅游的现场。在不少书的下方都有一个小巧的推荐贴，比如对《单车上路》的推荐："最好的时光在路上，最美的自己在远方。"亦有如此的推荐："世界上没有绝望的处境，只有对处境绝望的人。"这种旅行精神才是旅行者的境界，而这些推荐语大都是店长的手笔。

书店虽是刚试营业，却非常吸引旅游者的眼球，时不时有人光顾，或寄写明信片，或要一杯茶，发呆，让时光慢下来。事实上，现在的许多旅行，更像是一种对自然界的征服，来过，拍照，以此确认自己"到此一游"。但对真正的旅行者来说，那一种对身心的放松，把自己交给心灵才是最要紧的。在这里，遇见时光的慢，是否有进入天堂之感呢？这似乎又不太重要了，毕竟在最接近心灵的地方，我们才能发现时光的含义：旅行的意义就是想从心灵上释放自己，活出自己的精彩！

关于书店的爱恨情仇

对于爱书人来说，逛书店是一种享受了，在大型书店游走，可以尽览书业的繁华；在小书店流连，让人找到理想的田园。不仅如此，那些跟书有关的活动，让书生活变得更为亲密，如果缺少了这些，一个城市的书生活，恐怕是会大打折扣的了。在关于书的爱恨情仇的这些年中，留下来的是一道道风景，装帧着这平凡的都市生活。

当然，这些回忆可能更多的是碎片式的，但又是不可或缺的，没有了这样的生活，我猜，一定会寂寞许多。我想起曾经写下的诗句：不需拒绝，在那里，仰望新天地。

逛书店，享受时光

在刚淘书的时候几乎是乱逛的，遇到书店就忍不住走进去观望一番，但逛到了一定程度，也不是什么书店都随便进的——有的书店隔上几个月去一次，都未必遇得上一册令人满意的书，想再去的动力自然大打折扣。其实，中意的也就那么几家书店，有那么段时间在新华文轩上班，因为逢年过节都发放购书券，没少去买书，后来离开之后就很少去了。

记得上次去的时候，已经是很久以前的事情了。倒是四川书市时常过去，因为那里的书时常会打到八折甚至更低折扣的缘故吧。

20 世纪末，成都最具独立精神的书店大概就是卡夫卡书店和三一书店了。

那时候刚抵达成都，也没余钱购书，错过了这两间书店——因为早已经歇业了，成为成都书店历史上的传说。后来在三一书店所在的栅子街街口开了家求知书社，算是延续了三一书店的人文路线。成都的小书店东开一家西开一家，开个三五年就歇业的时常会遇到，哪怕你惋惜得不行，都不能不感慨，书业看上去是那么高贵的事情，却时常要面对着经营、人气之类的烦恼问题。

有那么段时间，在玉林小区有家十月书店，去买过一些书，比如苇岸的《大地上的事情》、刘亮程的《一个人的村庄》，等等。某一天，小书店突然消失不见了，不免令人惋惜。在白夜酒吧所在的玉林西路路口有一家好读书书店，店老板是个文艺青年，店里亦有不少好书，那时住得近，时常去逛，也淘了不少好书。作家小你和西门媚是那里的常客，她们时常发布的淘书信息总让人觉得书店的温情是无限的。后来搬家了，惜乎距离太远，去得比较少，不过，偶尔在书市遇见店主进书，也就留意了下他的选书，也许能窥见书店的些许秘密吧。

在芳草东街的印象大书房小资了一些，走的是高端路线，时常会搞一些读书沙龙活动，跟老板聊过几句书事，似乎也没怎么聊，现在回忆起来，印象几乎全无了。这里的书只有会员才能打折，没有办会员卡，所以每次去都是翻翻书，遇到中意的再跑到其他书店去买，买书基本上就是折腾人的事情吧。

最可留意的是人文书店弘文书局了。早先在四川省展览馆的右侧，现在人民西路了，面积不大却在成都的读书界享有盛名。主要是店里所售的大都是三联书店、商务印书馆的人文、社科类的图书，给人一种厚重感。有时这里会举办一些与书相关的活动。现在的弘文书局已经有两家分店了。许多外地的读者到成都来寻书，一般首选弘文书局，这里没有的书其他书店也不大容易找到的。在那里，我曾经寻到《永玉六记》和《读书文丛》等一大批人文类的好书。记得某一年有人传言弘文将歇业，想等着歇业时，来一个图书大减价，说不定会淘到更多的好书。想法很自私，幸好书店至今依然健在，要不在成都淘书，还真不知去哪儿更好了呢。

街边的小书店偶尔进去打望一番，也没想着能淘到什么好书，遇到中意的才会拿下，因为期待不是很高，多少也就不会失意而归了。

旧书店里消磨的下午

《南都周刊》曾说，成都是中国人的书房。书店的气象除了新书店之外，更多的是旧书店，在成都的街上，以前是随处可见。比如在九眼桥一带曾有旧书市，清水河一带也有，后来随着城市的拆建，旧书摊时常面临着被追赶的境地，最后选择开店经营。最出名的是周三和周日营业的草堂旧书市，也是书业的练摊，好书、连环画什么的都会遇到，每次都是早上六七点钟就开始，去晚了，或许什么都淘不到，捡漏的事虽时有发生，但更多的是巧遇罢了。而在广北路、五块石电器市场一带亦各有七八家旧书店，但书的种类很杂，好书需要慢慢地寻觅，也许不经意间寻见秘籍，亦未可知。我就曾淘过一些中意的小册子，比如安徒生的童话系列、莎士比亚的戏剧系列，等等，这类书算不上多好的书，只是轻薄小巧些，可以随身携带，方便阅读而已。

这些旧书店不太上档次，规模亦小。不过，在这里买书可以讲价，多少有点人情味，不像大书店，说多少折扣就是多少，没商量的余地，你带的钱不够只有再跑一趟来买书了。在成都也有一种特价书店，都是出版社的库存书，在人民西路就有一家，大概开了一两年就消失了。豆瓣书店据说在四川大学北门一栋楼的二楼经营，有好几次想去，怕找不到，专门问了地址，可等去了才发现已经歇业。在磨子桥后来开了家云驭风书店，买书可以折上再打折，算下来也就三四折。每每有新货到了，都少不得短信通知，于是欣然前往，总是偶有好书中意的，即便没有中意的，又不想空手而归，只好随便买一册回来了。

在旧书店中，隆重出场的当然是称得上豪门的淘书斋了。这家店曾在文化路、四川大学、杜甫草堂开店，后来越做越大，开了两三家分店，老板自是爱书之人，前几年在那里淘了不少好书。

关于淘书斋购书的传说在业界差不多成了奇谈，比如某次书会，一大批书打包出手，无人问津，唯有淘书斋拿下。听说他家的书库就是一座小型图书馆。最早的时候，到那里买书是直接进店选书，容易看到书的品相，但如果这样到店选书可能下手比较慢，好书难以遇到，拜网络所赐，在网上查找目录，先下单再去店里取书，遇到品相不大如人意的可弃之。也正因为这样，时常抢先下手的乐事不少。

不过，现在的旧书店里的好书，似乎越来越少了，书价却涨了起来，以前一册书不过三五元，现在都是十元八元了，遇到签名本、题签本啥的说不准价格更高，以前这类书都混在一般的书中，不经意间就会淘到，现在似乎绝少了。回想起来，令人觉得不可想象。书越聚越多,但在书时光中的流连,消磨掉一个个下午，与书为伍，倒也真是件幸事。可能在普通人的眼里，无疑是一种另类，最多被称为“书痴”罢了。

读书沙龙的悠闲时光

逛书店的爱恨情仇总是感性的，随意的，似乎早已注定，却又不自知，需要事后挖掘才能发现当初的关于书的故事中有无香艳，有无悲欢，这淘书史也是一件很耐人寻味的故事吧。

读书沙龙的大量出现，让成都这座城市多了些温情，在某个晴好的下午，坐在书店里，一群人分享一册书，多么奇妙而又奇异的事情啊。

20 世纪 90 年代，书店爱搞读书沙龙，比如三一书店，当年很难有其他书店超越它，连酒吧都喜欢做沙龙，似乎只有这样，才能显现出一个酒吧的特色。白夜酒吧在有些时候，几乎同时具有书吧的功能，新书发布、诗歌朗诵之类的活动总是隔三岔五地进行，所以在成都称被为地标式的酒吧。

每年差不多有几百场读书活动在进行，有时候在书吧，有时候干脆在茶馆，又或者在著名的草堂读书会进行。有一类是单纯的读书沙龙，仅仅是谈谈书、聊聊天，印象最深的是在成都主持系列沙龙的陕西诗人孙文，从三一书店出发，相继在成都市图书馆、采风堂、时间简史大书坊主持读书活动，成都的文化人几乎都跟他有联系，在他的周边聚集的不仅仅是读书人，也有画家、艺术家，他就像磁场一般吸引着成都的文化精英聚在一起，交流、分享各自的经验，很具创意的，至少比那种虚头巴脑的闲聊好得多。

我的朋友查常明以前也在多家书吧主持活动，这样的活动人数不一定很多，大家都有兴趣即可，一杯茶水都能打发一个下午，有时是谈论书，有时分享电影音乐，偶尔关注婚姻问题，乃至心理健康，五花八门的活动，却又没有局限性，更多的时候是拟定一个主题，有主讲人先讲个把小时，然后大家一起交流、喝茶，不一而足。

后来，查兄终于耐不住寂寞，开了一家荒漠甘泉书店，因为店内场地太小，读书沙龙的活动只得另外再寻地方进行。现在，成都的读书沙龙活动每周都有好多场，以不同的面目出现，凝聚了文化的力量，在这样的一个气场里，能不说是一种享受吗？

如果说读书沙龙给人更多的是美好的回忆，偶尔也有穿插的

“悲剧”，比如有的主讲者没有多少存货，讲起来可能天花乱坠云里雾里，不知所云；有的不知是话题本身很枯燥，还是主讲者过于理性的缘故，把原本好玩、有趣的读书沙龙搞得像一潭死水，其结果是有人不禁打起瞌睡来。但这样的场景似乎不多见，因为读书沙龙更多的时候是分享，感性更多一些，如此才有持续不断的小高潮，也会更吸引人吧。

仔细回想起来，这些书事，这些书店，因为是日常生活中的一部分，总是在不经意间进行，若用经济学来划分，可能是创意经济的一部分，但如此一来，原本有味道的书事就大打折扣了。而对书店的爱恨情仇，也因人而异呈现出了很大的差异，那么用婀娜多姿、参差起伏来形容这样一种状态，应是再恰当不过的吧。

【附记】

成都这些年的书店变化有点大，文中提到的弘文书局、印象大书房、时间简史大书坊已相继关门歇业；但亦有书店新张，比如西西弗书店在成都连开三家店，新华文轩旗下的独立品牌轩客会·格调书店连锁店。对成都的爱书人来说，都是不绝如缕的书香，也是书香文化的延续。

在书香中沉迷

汉中位于陕南地区，在刘邦的眼里，是开天辟地的起源地。余秋雨也曾说，让中国人把汉中当作自己的老家，每次来汉中当作回一次老家。但由于地理位置——秦岭阻隔的缘故，汉中似乎跟四川更为亲近一些，从饮食到文化，无不如此。

说起汉中，也许时常会被忽略掉，因为这里的经济不甚发达，交通不大便利，于是就成了一座安逸的小城，适宜生活，适宜读书。不过，相对风土人情来说，可能我更在乎这里的文化与传承，当然最好的载体就是图书馆与书店了。

先去图书馆，问了一些人，大家似乎很少知道图书馆在哪儿，语焉不详。无奈，只好求助百度，查了半天，找到位置。于是某天下午，跑到位于北大街的莲湖公园，汉中市图书馆就坐落在这里。刚进门的时候，向公园的工作人员打听图书馆的位置，得到的答案，图书馆早在地震之后就关门了，得等一两年才能修建好。看来，想在图书馆消磨周末时光的计划泡汤了。

退而求其次，只好去书店。汉中最大的书店有三家，新华书店、嘉汇汉唐书城、天汉书社，后两家是民营的，也是汉中最好的书店。汉中的书店大多在东大街一带，因汉中的文化机构大多在附近的缘故吧。

天汉书社：最具人文的书店

“图书馆就是天堂的模样”，老博尔赫斯如是说。书店呢？一座城市的绿洲。在汉中最显眼的书店就是位于东大街310号的天汉书社，贾平凹题写的店名，书店装修豪华，巨大的落地窗下，时常坐着阅读的人。看这样的风景有些享受，也就跟着走进去瞧瞧。其实，就书店来说，其摆设大抵是大同小异的，无非是在一些细节上做文章。天汉书社也是如此的。

一楼是图书杂志区，二楼是文化用品区。看看杂志区，基本上是意林、启迪之类励志的杂志，不看也罢。转到其他书架，不是养生，就是保健，要么就是一堆杂七杂八的书。突然留意到有赵瑜的《小闲事》，大约因为跟鲁迅相关，其他类似的书似乎没有见到。在快走出店门口的时候，倒是遇见了《我们台湾这30年》。

书店里最为显眼的是在最里面的一排本土作品专柜，有摄影集、诗歌集之类的，还有一些报告文学，应该大多是自费出版的书，设计比较粗糙，少有精品。有一种杂志叫《天汉》（季刊），香港出版的，有兴趣看了一下，但内容看上去很普通，就放弃了。诗人刘诚主编的文丛若干，《第三极》有好几卷的。有册牛力的《汉中民居摄影集》，给人非一般的感觉。如果再多一些风土人情的书就好了，有一种民谣歌集，似乎不够古朴，这样的书感觉稍稍简单了些，也就放弃了。

会员可以打折，最低到55折。在书店的里侧是会员俱乐部，外面醒目地写着非会员请勿入内，大有面斥不雅的味道，只好望而却步了。

天汉书社成立了近20年，可谓见证了书业发展。这里时常举行一些文化沙龙活动。偶然会看到作家王蓬、散文作家李汉荣、诗人刘诚的身影。2007年，天汉书社还举行了汉中首届本土作家原创文学作品大联展。汉中作家群作为陕西省文坛的一支重要创作生力军，创作出版了一大批文学作品，有的在全省乃至全国产生了重要影响。著名诗人、散文家李汉荣的散文入选全国中学课本。但是，由于缺少必要的推介，市场对这支主要创作生力军仍知之甚少。联展活动旨在通过原创文学作品的集中展示，对汉中本土作家进行一次全面推介。当年活动征集了60多位作家的200多件作品。其他的活动如《霸秦》读书会、李魁元先生老照片摄影展暨《汉中流韵》画册发行仪式、著名儿童文学家“故事大王”周竞讲故事，等等，均有独到之处，从一定程度上活跃了汉中的文化氛围。

汉唐书城：从西安来的

从天汉书社出来，顺便去了嘉汇汉唐书城和新华书店，给我的印象却不大好。新华书店也许由于空间太空的缘故，感觉颇为冷清，人也少了许多。位于北大街1号（原东方商场）的嘉汇汉唐书城则相反，上千平方米的营业区，经营着社科、科技、文艺、经管、外语、生活、少儿、音像、学生用书等图书。在书城大致浏览了一下，总觉得这样的书店规模越庞大，其经营或许越困难，因为很多书都能在网上淘到，大可不必订购的，只需翻翻而已。

如果大家都这样的话，实体书店也就成了阅览室，但书店又不具有这样的特性，就是卖书的地方，仅此而已，想阅读图书，去图书馆好了。虽然对书店不大公平，不过现在的书店还是要想办法留住客源才是。像我这样的读者买书想来也是不少的，一本书二三十块，买一册似乎也要心疼一下。对一般的读者而言，看到中意的书，价格稍高一些，也会在所不惜的吧。正如俗话所云，萝卜白菜，各有所爱。

嘉汇汉唐书城，前身即汉唐书城，2002年在西安创立，2008年5月，汉中店开业，进一步丰富了汉中图书文化市场，为汉中人文城市的建设添加新的文化元素。由于汉唐书城位于楼上，看上去颇为平和。由于北大街一直是汉中最具商业气息的地方，客流量大，自然方便很多读者到这里闲逛，看看书，打发一下时间。而且，楼下有餐店，刚好可以与看书的缺憾相互弥补。据我的观察，汉中的读者对应用型的图书远比社科人文的更为需要，毕竟现在阅读也进入到一个物化的境界，实用、经济才是读者考虑的第一要素。

在汉中这个小城，开书店无疑是很费力的事，因为大型书店就有两三家，小书店也不少，如何赢得读者，实在是一大难题。

特别是还有像从西安过来的汉唐书城，读者才不管你是来自哪里，主要看能享受到多少服务，书价的折扣是不是很划算，从这一点来看，书店要做好，也是日益艰辛的事。

看到书店里来来往往的人，对书店来说，是不是也有种难言的苦涩？书店到底还是要靠营业收益生存的，并不是摆在那里，让大众随意围观的。

小书店的风景

凭着以往的淘书经验，旧书店一般都很容易找到货真价实的好书。问同事都不大清楚哪儿有，网上找了几个旧书店的地址，去看了下，哪里还有踪影，早不知道什么时候搬走了，或许是从此消失了吧。

某一天有朋友说，以前他去过一家旧书店，不知道还在不在。于是，下班之后兴冲冲地杀到丁字街，在街的尽头有一家书店，但店门已经关闭，也没店名，只是在墙壁上写着“收售旧书”四个字，书法算不得漂亮。也许来的时机不凑巧吧，我如此猜测着。以后，我又选择了不同的时间段过来看，但门依然关着，是歇业了，还是店主外出了，不得而知。

在网上查到一段关于丁字街书店的记录，也许就是我所要找的那一家，只是无缘看到罢了。作者写道：

小店没有店名，面积大约有十一二个平方米，目力所及到处堆的都是新旧不同、内容各异的书，因此显得特别得拥挤。听老板介绍，你在这里可以自由地看书、换书、淘书，不受时间约束，让人不但感觉不到“书山”的重压感，反而生出一种愉悦感，这大约就是店老板的精明之处吧，不为卖书而卖书，你反而会主动地去买书。

店中有一条仅可侧身通过的“路”通向小店的深处。在这里，你还会发现另外一些稀奇古怪的“宝贝”堆放在隐蔽的角落里：不知是真是假的“古董”玉石纸镇，二十世纪二三十年代的木制落地大座钟，以及那些现在市面上看不到的二十世纪五六十年代流行的马蹄式双铃闹钟，还有什么竹雕笔筒、刺绣挂盘、陶瓷摆件、贝壳工艺品……林林总总，不一而足，随意地装点着犄角旮旯，透出历史的久远和沧桑，折射出店主人热爱生活、喜欢收藏历史的情怀和执着……我想，店主人大约不仅仅是为了赚钱而搜罗这些“宝贝”和书的吧，他简直是在收藏生活的那份记忆啊！

也许在别家书店可以遇见中意的书，有时我也这样想。好在汉中地方不是很大，空闲的时间就在大街小巷里行走。总有那么几家书店，店招还在，只是店面改换卖杂货的铺子了。某次，跟一家书店的店主聊天。他说，卖你说的好书，全家都得喝西北风去了，还是卖教材教辅算啦，至少不会亏得那么厉害。其实，在小城开书店，都会遇到诸如此类的问题吧。

在孔夫子旧书网上倒是有家看上去很不错的旧书店，一直没联系上，只好作罢。有天，跟几个读书人交流，他们更习惯于在网络上购书，“现在的书店想看的书几乎没有，不想读的书到处都是，你哪还有精力去跑书店买书，倒是在网上购书，既便宜又能送货上门，实体书店能做到吗？”我不得不承认，这些都是小书店无法提供的细节。对小书店来说，卖书很困难，什么赚钱卖什么，因此，看不见未来希望的小书店，只能悄悄地关门了。

对一个城市来说，如果没有各种各样的书店，是不是有点可惜？可能一家家小书店的消失，让我们感到无所谓，太阳照常升起，日子一样可以继续过下去，但如此是不是也会失去了一些味道？

一场奢华的阅读之旅

在成都这个城市，小吃、美女假如说是它的名片，那么跟书相关的人和物却构成了另一个奇异的世界。我猜，这才是成都生活的魅力所在，倘若成都仅仅有安逸的生活，缺乏一点情调，那就是一个异化的城市，跟大众无关了。

没人调查过，成都的读书人在同类城市中占有多大的比重，但是我知道，成都有大量的书店、二手书店、书吧，以及上百家的博物馆，它们以不同的姿势俯瞰这个城市。不过，其中最可能被忽略掉的是位于锦江河畔的一家以阅读文化为主题的酒店——毓秀苑。

以阅读文化为主题的酒店并不是一个噱头，而是通过阅读让毓秀苑与同类型的酒店区分开来。毓秀苑里有各类专题讲座、阅读沙龙、艺术评论等不同形式的系列读书活动，各种经典书籍、经典电影、书画艺术品、摄影佳作也都会一一呈现，倡导大家在“学习的年代”中，让读书回归读书，享受纸读、慢读、杂读、思读、悦读的生活方式。

关乎阅读，也关乎旅行

也许，“阅读和旅行是丰富自身的最佳方式，酒店的图书馆能够将两者完美融合，找一个安静的角落，翻开那些等待你已久的书页……”这样的场景会让旅行变得内容丰富起来。

这样的阅读场所在国外并不鲜见，比如美国曼哈顿图书馆旅馆，客人可以随意挑选符合心意的楼层。各层分设不同的阅读室与写作小屋，并分别按所陈列的图书类别命名……7 楼是艺术层，8 楼是文学层，9 楼是历史层，11 层是哲学层……8 楼文学层的 6 间客房分别按童话、诗歌、戏剧、名著等设置，每个房间配备 50 至 100 本图书，想要入住这家酒店，必须提前预约中意的房间。

不过，并不是每一家酒店都能将整座“图书馆”搬进酒店，全世界大概只有几家以“图书馆”为主题的酒店，更多的酒店则是试图修葺一个充满了古典韵味的图书角来吸引客人，感受阅读带来的愉悦感。

再看毓秀苑，虽然表面上并不奢华，在成都林立的酒店群中也算不上引人注目的，以低调的姿态呈现，让书和旅行相结合，走进酒店，前台被装饰为整洁的大书柜，上面摆放着各类书籍，正中间的牌匾是著名诗人流沙河题写的“书香毓秀苑”五个大字，极具有书香门第的文化氛围。这只是初来者的“第一印象”。

毓秀苑还有许多关于阅读的活动，形式不一，几乎每周都在这里上演。如此以阅读方式的酒店，在成都的酒店业中算是一种创新。但很显然，仅仅这样，还是远远不够的，毕竟对一个游客来说，阅读与旅行的融合，探求的就是一场身心的修行嘛。

纽约那家著名的图书馆酒店创始人曾说：酒店，要的就是最人性化的一切。毓秀苑的尝试所具有的价值，在这个商业时代，犹如美丽的童话，吸引着游客的目光。所谓人性化不正是更多地为旅人所想吗？

在这一点上，毓秀苑所走的路，有了点孤独的味道。每次踏足这里，都在猜想，接下来会与怎样的文化交融，无疑是一种充满期待的旅行。对一个旅人来说，可能景点或风景的魅力也抵挡不了这种文化的“诱惑”。

在行动的阅读

对一个拥有近20年历史的酒店来说，吸引游客的地方不仅在于舒适的居住氛围，更有眺望锦江的秀色，毓秀苑在一直尝试，寻找新的定位。2009年4月，毓秀苑提倡“纸阅读活动”成为该酒店创建阅读文化主题的萌芽。接下来的几年里，内蒙古呼和浩特《清泉部落》、南京《开卷》、成都《钟灵毓秀》三家读书报刊联动，在酒店连续举办了“流沙河认字”“全国民间读书年会”等一系列文化交流活动，让酒店的阅读文化主题逐渐明确。

第一次去毓秀苑好像更早一些，那是一群诗人的聚会：何小竹、石光华、吉木朗格……聚在一起。对诗人来说，聚会向往的是自由的氛围，在一个酒店里聚会实在是有点出乎意料。那天，第一次见毓秀苑总经理赵艳斌。其实，我很好奇，对酒店来说，诗人并不是这里的常客，只是随兴聚会罢了。虽然不可解，也耐住了好奇，没有询问，及至等了两三年之后提出阅读文化主题酒店，才忽然明白，原来这就是文化的因缘。

再次去毓秀苑，是举办第八届全国民间读书年会的时候。那一次活动，来的阅读名家不少，如董宁文、谭宗远、萧金鉴、卢礼阳、薛原、流沙河、吴鸿……而且针对阅读，各位也有各自的立场，因此活动搞得很“热闹”，争论之声此起彼伏，完全打破了活动的程序，但就是在此起彼长的交锋中，让阅读的内容逐渐丰富起来。

这只是一个阅读的开端。每年一届的读书节，是毓秀苑的嘉年华，年年都有不同的花样和主题，不仅名人参与，员工也参与其中。听到最多的是，原来不喜读书的人也爱上了阅读。上一次，我去参加了读书年会的活动，跟书友们欢聚，聊书人书事，淋漓尽致的聊天让人感叹时光的美好，一个下午就悠闲地过去了。不少书人感叹说：成都居然还有一个这样的地儿，能让大家聚在一起聊书人书事。

2012 年 5 月，台湾作家钟芳玲第一次来到毓秀苑，她沿着楼梯行走，看楼道走廊里装饰的图景，看墙壁上关于书的格言……呈现出的阅读氛围，让她找到了“书地”的感觉。在不同的城市间行走，钟芳玲说自己依然是一个贪心的人，贪心让她一次次踏上旅途，去往熟悉或陌生的城市与村镇，寻觅那些著名或鲜为人知的书店，即使花在路上的时间是待在书店里的时间的几倍甚至几十倍，即使她写出来的书店还不到她寻访总数的10%，但她依然乐此不疲。在成都，钟芳玲遇见毓秀苑，只是一个个案，更多的书人如舒国治、陈子善、流沙河等纷纷走进毓秀苑，故事一场连接着一场，成就了一段段书界奇缘。

酒店和书店的奇缘

“这个世间每出现一本书，都像在荒岛向海里丢一只求救瓶，随着潮汐，随着命运，总会漂到某处，漂到某人手中……”在成都，会邂逅怎样的阅读故事，那一定是充满了想象的张力。

“书店达人”钟芳玲到访成都看似偶然，却造成了今日阅读书店与毓秀苑结缘，双方共同做了书店世界的传奇之旅活动。活动吸引了成都各界的书人，几天的时间里，不管是在毓秀苑还是在书店，都能听到关于这样的对话：“真没想到，成都还有这样的活动！”书迷对此开心不已。

在钟芳玲的眼里，所谓书店风景，更多的是西方的书店风景，相比而言，大陆的书店能坚持到百年老店的，简直是异数，不管是规模还是传奇，都无法跟西方书店相提并论，但在成都，在毓秀苑，钟芳玲看到了不同的风景。

有了第一次的合作，毓秀苑与今日阅读书店就有了更多合作的可能。2012年6月，西安万邦图书城的总经理魏红建到访成都，就住在毓秀苑里。在成都的几天时间里，大家就书的话题进行沟通，最终，大家觉得有必要建立一个酒店与书店文化发展联盟，同时这个联盟还要跟其他城市的书店合作，开展更多的关于书的活动，让更多旅行的人，在酒店中享受书店一样的服务，让五湖四海的朋友阅在心田，读在途中。

这是一份关于书的奇缘，用赵艳斌的话来说，书店是视觉的酒店，酒店是味觉的书店，人是行走的书，书是栖息的人！不过，也许爱书家在这里能找到更多的阅读乐趣：精致、舒适、文化的融入，让旅行也变得奢华起来。

这一段奇缘，这一场邂逅，让旅行富有了更多的含义。穿梭于成都或新或旧的街巷，在不同集市上闲逛，静下心来，在毓秀苑的风景中看阅读，“象征着明日的快乐与喜悦，这是既定生活轨迹上的一个瞬间闪烁”，却足以让朴素的旅行生活多了一种别样的情调。

然而，毓秀苑却因故歇业了，每次从芳邻路走过的时候，看到那些关于阅读的句子还在，却只能匆匆地走过，怕看多了会引起更多的回忆。

爱书人心中的光

说起来，逛书店似乎是件很幸福的事。但要跑到十几二十公里之外去买书，还是觉得相当夸张。在网络书店繁荣的今天，逛书店也就成了件极其奢侈的事。不过，如果书店距离自己家不太远，散散步遛个弯就能到，那就另当别论了。

在西安，好的书店不少，比如万邦图书城，比如嘉汇汉唐书城，各有特色。然而，对一个读书人来说，正因为它们的存在，城市才变得更加温暖，而且还能给我们原本就有点慵懒的生活提供一点谈资，一点想象，甚至一种空间，让我们想象，阅读，眺望。

即便如此，还是接二连三地从各类的新闻报道中读到书店关门的消息。是我们这个时代缺乏人文精神，还是对书店的美好印象业已消失？但不管怎样说，在这个浪潮中，还有许多书店在坚守，在爱书人的心中，书店里的灯光，依然是那么温馨，让人在暗夜里找到希望。

今日阅读书店以独特的魅力在西安一亮相，就吸引了不少读书人的目光："从没有想到，书店可以如此开放。"

逆流而上的书店

2012 年 3 月 8 日，当地的媒体是这样报道的："在这个艰难的时刻，在如此艰难的环境下，我们继续开业，本身就代表了一种勇气。"在西安市太白路的怡丰城三楼，万邦·今日阅读书店开业时，万邦书城总经理魏红建致辞时仅仅用了如此简短的一句话，喜庆欢快的气氛中微微带着些许沉重。

这家由西安万邦书城与成都今日阅读合作经营的书店，更准确的名称应该是城市生活空间。260 平方米的场地，180 平方米分给了咖啡馆，从卖书到卖"生活"，这是所有实体书店面临转型不得不走出的一步。

这一步的迈出，决定了书店不再是简单的书店，而是一个全新的文化创意空间。

书店开业当天，其官方微博发布的一条消息说：西安，一家别致的书店开业了。阅读、咖啡、沙龙、生活、音乐、时光、创意是我们的标签。但愿，在钢筋混凝土的城市里，能有一点点空间，让您找到一种最舒服的姿势去阅读。让阅读变成一种时尚的、愉悦的生活方式。推开书店之门，让信仰在这里相遇。万邦·今日阅读城市文化空间，怡丰城，3 月 8 日起航!

这条微博被转发了几千次，评论多达近千条，其中不乏《新周刊》、袁岳、加藤嘉一这样的微博大咖转发评论。或许，让更多的人看到，今日阅读书店逆流而上，“明知山有虎，偏向虎山行”的气概。

尽管如此，还是不免让人担心，美好的开局是不是就一定能让书店的前途一片光明?

在实际运作中，书店更多的是要考虑读者、人气等因素，而作为消费者更趋向于购物的便利性，因此书店从书城卖场转化为小书店的经营方式，在当下的消费惯例中，在某种程度上，读书人去书店购书的习惯也是有会所改变的。今日阅读书店的开业不能简单地用勇敢来形容，更可能的是洞悉了这一市场规则的变迁。

城市文化空间的畅想

在某种程度上，今日阅读书店不再是书店 1.0 版的复制品，而是提升到创意城市文化空间的高度。而位于广州的方所书店，与其极为类似，不再以图书销售为主，而是以创意文化的理念使书店更具有活力。而关于城市文化空间，在学者看来，“对于一个城市，广义的文化空间是指人们感知和体验城市文化的各种场所，承载的是多种多样并不断变化的城市多元文化类别。狭义上的文化空间是指能够承载传统文化的空间，如物质文化遗存和遗迹、非物质文化遗产的空间载体等。”不过，对于这一现象的思考，或许更能让我们明白今日阅读书店的定位。

无疑，今日阅读书店所带来的城市文化空间更趋向于时尚消费，与传统的模式相比，更能为年轻人所接受。从其所处的地理位置和消费场所看，怡丰城和太白盛世广场一起构成西安市第四个规模较大的购物休闲中心。换言之，今日阅读书店是在普及一种书店常识。不过，从理论到实践，这一过程是需要不断打磨的，也就是俗话所说的“摸着石头过河”。

城市文化空间的概念落实是靠丰富的活动来推动。书店在开业以后，陆续推出了系列活动：加藤嘉一与雷颐对谈，探讨书店的未来；以“君应有语对枯棋”为主题进行的一场学院与民间的版画艺术对话，邀请西安美术学院版画系副教授戴信军和凤翔木版年画世兴局第15代传人邰江平为嘉宾；学者袁岳的讲座，讨论立体人脉的力量……

系列活动一直在延续，与其说今日阅读书店是一家纯粹的书店，倒不如说它以独特的文化氛围，让西安的读书人“惊艳”不已。一位网友在微博上如此写道：地有尽头，天有接缝，心无边无际且能折射多个维度，很喜欢这个地方，静静地，品一杯咖啡，看一本书，心思漫无天际地到处飞扬，终于找到了一个这么有情调的实体书店了，哈哈，这是文艺青年的最爱，欢喜！

无疑，城市文化空间是当代城市文化的空间反映，同时也是城市历史文化的层叠，只有根植于历史发展的脉络中，才能完整地体现文化城市的底蕴、厚度和生命力。那么，今日阅读书店所进行的可能是对书店的再度诠释，甚至上升到阅读哲学的高度了。

便利性比折扣重要

2012年3月31日，在东京新宿闹市区，三越百货商店大楼里的淳久堂书店关门，这件事情令许多读者非常惋惜，因为淳久堂是日本一家老字号书店，而且在选书、荐书上一直有独到的眼光，可是由于近年来实体书销量不断下滑以及网络媒体的发展，日本出版业也遭遇困境。

不过，在最后几个月，这些在常年销售书、选择书、推荐书上下了很多功夫的店员，在下班以后就开始讨论：在这行工作了这么多年，我们是否真正向顾客推荐过我们想卖的书、喜欢的书呢？这些年，这样的机会越来越少，因为随着网络发展以及大的出版商、出版社在出版一些所谓“重头作品”“重磅书籍”时，都会事前投入大量宣传策划费，并且和书店联手打造畅销书。

随后，书店的店员将每本书的亮点写在卡片上。这个消息很快就通过 Twitter 传播开来，立刻有许多人到店里买书，不仅是书吸引了顾客，他们推荐的亮点也为顾客所称道，纷纷在 Twitter 上转发，很快就有 60 多万人次阅读，书店的营业额直线上升。

这可能仅仅是一个个案，但说明了一家好的书店只要在细节上肯花功夫，就会有收获的。不错，在今天，书店的功能越来越多元化，亦如今日阅读书店宣称的：书店可以是阅读室，可以是社交网络，可以是公共空间，可以是咖啡馆，可以是绘本屋，可以是杂货铺，可以是服装店，可以是文具店，可以是小圈子，可以是创意坊，可以是一场游戏一场梦，甚至，可以办婚礼。虽然这不是一个创举，但在某种程度上亦颠覆了传统书店的理念。

今日阅读书店位于西安的南二环太白路立交西北角，交通极为便利。不仅如此，在怡丰城购物之余或看电影的间歇，都能顺便到书店喝一杯咖啡，读一下书，“反正闲着也是闲着，总得有个发呆的场所吧”。大概这就是现代消费者的普遍心态，因之，在书店闲逛也就成了一种生活方式。

且看网友描述在今日阅读书店的生活。一位网友说：一个看电影超有感觉的地方，还可以跷脚……哈哈，发现这里也有今日阅读，以后来这里，早上健身，下午看书，晚上吃饭看电影，好欢乐。另一位网友则如此写道：书店不大，却偶遇我想要但一直没买到的两本书，《发现之旅》和卡尔维诺的《帕诺马尔》。这种偶遇的惊喜是读书人最喜欢的。又或者是，在这到处沐浴着小清新的春天里，看看书、喝喝咖啡、听听音乐、发发呆、想想创意。在这钢筋混凝土的城市里，希望在这里能保留一点点空间，让我们找到一种最舒服的姿势去阅读。

话说回来，正是今日阅读书店以便利性而不是以折扣来招徕读者，才那么吸引人的。也因此，在书店度过一段美丽的时光，也是最令人向往的所在。试想，整天为生活忙碌奔波之余，是否也需要小憩，以弥补走得太快的步伐，让人不断获得生活的能量。

那些小书店，令人流连忘返

成都有多少家书店？新旧书店放在一起，大概有几百家之多吧。大的有新华文轩、布克书城、昆明新知书城，等等，小的更是不计其数了。外地的书店曾开到成都的有席殊书屋、明君书店，都在不经意间关门了。

就时常去的书店来说，确实不是很多的，如果说是独立书店，似乎也算不上，只是个人喜欢的情趣更多一些罢了。在20世纪末，成都最具独立精神的书店是唐丹鸿的卡夫卡书店和三一书店了。

不过，成都小书店有意思的还是有一些的。时常在这些书店间流连，倒是很容易找到淘书的感觉，比在网上购书愉快多了。

弘文书局　智者在此垂钓

逛书店有的是逛情调，有的则是求知，不管是哪一种，在书店里闲逛，在书与书之间巡游，都是一种享受，但这样的书店大抵来说，是在逐渐减少的了。

比如成都著名的弘文书局，前文也曾提过，早先开在省展览馆的右侧，一个小摊点，那已是多年前的事了，后来搬迁到人民西路,规模也开始形成。多多少少有了四家店,每家的面积都不大，却在成都的读书界享有盛名。

时常带外地的朋友来这里找书,轻车熟路地淘书,大有斩获，但后来又去弘文书局，才发现原来书店的中间是书的展架，看上去满坑满谷的书，压力不小，那么多的书连翻都没翻过。但现在改成了书吧，喝一杯咖啡，累了，眺望一下窗外来来往往的行人，大有一种乐趣在，或许正如门口上的一行字：智者在此垂钓。

周围有不少商家，逛完了进来喝一杯咖啡或茶，捧读一册书，不必有夸张的动作，自成一道风景，也就成了成都文化的标志。

今日阅读书店　阅读即分享

家住在三环外，相对于乡下的生活，连个书店都没有，着实让爱书人抱怨一番了。但在某一天吃过晚饭后，突然发现散步十几分钟就有书店逛，也不啻是一种惊喜了。那么，今日阅读书店开在社区周边也算是一种创举了。其特色套用红旗连锁的话：你身边的书房。在成都许多小区附近都可见今日阅读的身影。

有段时间，我对成都书店的观察，发现成都的书店有没落的趋势，大家渐渐不爱逛实体书店了，在网上购书成为很多爱书人的习惯。像今日阅读这样的店，走潮流路线，确实有不少，只是缺乏了点人文气息，走进这样的书店，也是聊胜于无的感觉。

逛今日阅读书店，大抵可知什么书在流行，更何况偶尔还搞一些排行榜，弄得很是风生水起。开在社区的周边，门面不大，书的种类也不是那么丰富，却可以预定书，有的店面甚至可以租书刊回家慢慢阅读。如此家常的书店，就好像自家书房一般，这在成都还是第一家。

对读书人来说，看书中的花花世界，又能有人与之对话交流，才是读书的完美过程。在今日阅读书店，固然看不到书城的热闹、喧嚣，独守一片风景，似与世无争，在默默中独显一种意境。原来书店不在大，有好书就成。但仅仅是这样，恐怕在爱书人眼里也难以持续留下好印象，倒是服务这个烂俗的词让书店有了活力，毕竟，买书跟购物一样，讲究的都是舒心。

求知书社　闹中取静

一直没注意到商业街上的求知书社开业，一是这名字太普通了，店名几乎在每个城市都会遇到，二是店面太小，二三十个平方米，里面有些呈倒三角形，越往里越收口，实在是不大起眼。大概开了一两年才去逛逛，因为在其旁边早些年有家比较人文的三一书店，三一书店歇业以后，大概时常有“不明真相”的读者来这里寻踪,于是求知书社就诞生了,也是一种替代。但现在看来，可能是对求知书社误读了。因为求知的存在，我们看到了它与其他书店的竞争固然激烈，却有独自存活的可能。

因为此地距离宽巷子近，去的人还是较多，周围像样儿一点的书店很少，求知书社也就得以存活了下来。下班之后，偶尔顺路闲逛一下，不止买书，哪怕是看看新上架的书，也很开心了。以前经常去逛四川书市，时常看见女老板在书市精挑细选的身影，也许只有爱书人才会如此对待每一册经手的书吧。

之前曾带青岛的薛原兄在成都逛书店，第一站就是求知书社，后来在他微博里写道：书也不是很多，但新书上架颇有特色，一些我喜欢的人文书在架上都有陈列，尤其是一些新书，上架速度不慢。这正是爱书人喜欢它的原因了。

有段时间，求知书社在红星路二段的四川省作家协会旁边又开了家店，做了两三年就戛然而止了。这里有段故事颇可记录下来，店里有一位店员叫冯吉先，作家冉云飞甚至惊叹：“小冯书读得多、读得细、读得有品位，我自愧弗如。”这家店如明星一般备受关注，去购书的人也越来越多，但随着网络冲击的到来，书店为节约成本，也就关门了事吧。除了感叹之外，大概只有多逛这样的小书店，不是为了去看风景，而是期望它能开得再长久一些，至少让读书人少一份孤独。

【附记】

在整理这篇文稿的时候，在书店江湖上素有文化地标之称的弘文书局已悄然关门，尚在四川师范大学内的校园广场遗留了一家店，店名也从弘文书局改成弘文。近年，成都的书店频频有关门的状况发生，但也有新书店开张。成都人对书店的那种爱，即便是冬天里，也有着几许温暖的。

跟李老师一起逛钟书社

一直想去湖北十堰走走，倒不是对汽车文化有多大的兴趣，而是因为书人书事，让人惦念。比如早些年的《书友》办得有声有色，十堰新华书店还办过毛边书局，很有意思。这样的地方在全国其他城市很少见，更不用说还主办了全国读书民间年会。那盛况，我在不少文章里已拜读过了，只是没机会去十堰走一走，看一看。

上次，有朋友从成都出发，去神农架，说是要路过十堰，逛一逛神农架，于是联系了李传新老师。但那次行程从一开始就充满了变数，最后跑到了武汉，也未曾去十堰，想来不免有些遗憾。期待在未来某一天再去了。

八月之时，农夫山泉有个去丹江口看水源地的活动，欣然前往。住在武当山下，离十堰很近了，也就一二十公里吧。去，还是不去，一直很犹豫。

后来还是决定去看看，再约了李传新老师，坐大巴车去十堰。坐车一直到十堰火车站，再转公交车去文化广场，我们约在那里汇合。也许天热紧张，提前一站下了车。在站台上，我电话联系李老师："我下车了，怎么没看见你呢？"李老师说，我也没看见你呀。这时候在站台的另一侧站着一位很像李传新的先生，我以为是他呢，就过去打招呼。他说几年不见，你胖了不少。就这样扯了几句，从商店走出来一位年轻人，拿着饮料，分给我们俩一人一瓶。然后步行，穿街，他们俩只顾聊天，我也搞不清楚怎么回事。这时候，李老师又打来电话说，怎么没看到你呢？那俩人还是边走边聊。我才发现搞错了，走上过街天桥，在路的对面，那俩人还在向后面张望，可能很奇怪，人怎么突然不见了？我快步走到公交站台，李老师正等在那里，我说了刚才的奇遇，真是奇怪的事。

和李传新老师是在2010年成都第八届全国民间读书年会上认识的。此前他编《书友》报，我偶尔写稿，却从没有见过面。见面之后，我们边走边聊天，他步履轻松，走得极快，然后吃饭，喝酒，聊天。等吃完饭，"我们先去逛逛书店。"他带着我去访——钟书社。

钟书社开始做得规模很小，却很有特色，那时候新华书店遇到没有的书，大都可在钟书社寻见，这一种互补关系也很好，"总有一本适合你阅读"，在这样书店氛围的城市，读者是有福气的。

走到朝阳路时，我知道十堰市新华书店就在这条街上，因为改建无法进去看看。李老师往街对面指了指，介绍着钟书社的情况。钟书社最大的特点是不卖教辅书。众所周知，教辅书是市场最大的一块蛋糕，放弃了这块，只能靠人文社科类图书的盈利了。

2006年5月，龚月桃在朝阳路国税大楼租下门面，把书店整体迁移过去，营业面积达400多平方米，上架图书5万多册，是十堰大型民营书店之一。还没进到书店，就看见门口的钟书社招牌亮着，在夜晚显得有些诗意了。

李老师带着我在书店里转，看看书的分类、陈列，绕着书店走一圈，大致了解了一下状况。我想买一册《闲言碎语》送给李老师，惜乎没有找到。说来，400多平方米的书店不算小，但也未必是什么书都会进。

书店里来往的人不少，看来十堰的读书人还是很多的。只是由于网络书店的冲击，像钟书社这样的实体书店面临的压力不少。因为店主不在，原本想聊聊书店的话题也就只好打住。

想想这些年书店的艰难，也是多种原因造成的。像钟书社坚持了这么多年，一步步走来，真是不容易。后来我在网上找到了钟书社的故事，想不到在十堰还是赫赫有名，即便在周边地区，像钟书社这样的书店也是为数不多的。

从钟书社出来，我跟着李老师到他家里坐坐。聊书人书事，话民间读书年会，也是蛮开心的会面。这样的夜晚，虽是夏夜，因为有书才有了更多的快乐。

去天津参加读书年会，少不得去看看书店的生存状态。从网上看到的信息是少有特色的独立书店，但在天津的朋友圈里，也有好几家值得一逛的书店，比如荒岛书店、天泽书店，跟天津市新闻出版局的朋友聊天津的书店事。

在之后举行的阅读高峰论坛上，专家学者除了对公共阅读关注之外，对独立书店格外热心。在不少城市，我们说起城市文化，甚至把书店当作地标来看待，这是以前没有的事。不过，这也正说明了书店业在当下的生存状态。

跟朋友舒凡先去逛了一家极小书店，然后就直奔士英路的天泽书店，刚到路口，就看见“天泽书店”的广告牌立在楼顶上。这是开在别墅区的一家书店，上下三层，这在其他城市，还是少见。

因在别墅区，尽管在小区入口处的旁边，书店依然显得十分安静。在店门右侧的墙上，有一块醒目的标牌，凹进去的，“天泽书店”四个字，红底，下方爬着些许绿色植物，十分抢眼。

2013 年 4 月，因经营需要，天泽从最初的体北迁到了南开区士英路上。新店面有 500 平方米，共分三层，一层为图书区，以天泽传统售卖的人文社科类图书为主；二层为会员阅读空间，读者闲暇时可捧杯咖啡坐在沙发上读书、晒太阳；三层为会员活动区，主要用于定期举办主题观影活动和不定期的研讨会或沙龙活动，此外，书店也在此处举办读书会等，我们来得不是时候，没有看到读书会的场景，但从门口的广告牌大致可看出书店的魅力。

天泽是天津的一家老牌独立书店，成立于 1999 年。最早，书店是加盟了全国知名的图书连锁品牌席殊书屋，作为连锁店之一经营，完善的购书体系与会员制度，让天泽书店获得了书店经营的原始经验积累。2003 年前后，席殊书屋歇业，凭借对书店的热爱，要做一家天津本土书店品牌的强烈意愿，天泽书店正式更名，重新出发。这就是天泽书店的历史。

书店内涵

天泽书店很安静。在我们逛书店时，人并不是特别多，有几位读者在精心地挑选“问津文库”，还有其他的书。我在书店里巡游，在书店门口看见有关天津的种种图书，这是立足本土文化的要点。走进去，是形形色色的少儿图书，迈上两三级台阶，可见书店的独立风景。

关于生活类的书，除了茶与酒之外，就是日常生活中所需的读物。自然也看到了一架关于独立书店的书。再走进去，就看见一列列人文类的图书，好多图书早已入手，很显然“气味相投”。

以人文为主打兼顾阅读趣味的书店，多少都具有浓浓的人文气息。在分类、书籍陈列方面，天泽不夸张的做法，让我依稀找见席殊书屋的“旧影”。天泽不只是在延续一种书店风格，也在突破，创新。记得早些年也看过各地的席殊书屋，书店虽小，却精致。在这一点上，天泽更像是阅读的守护人。

当我们被种种阅读潮流所吸引，几乎以为这就是一种阅读生活。但天泽却告诉我，其所强调的是阅读品质，不那么潮，却有着范儿。我不敢说逛天泽就是气质的表现之一，至少代表的是一种阅读高度。

在来天泽的路上，我跟书店负责人卞红联络。偏巧她生病在家，错过了见面机缘，很遗憾不能在书店里见面。女性开书店，在国内也有不少极为成功的案例，想想她们与书店的故事，让人觉得有一种阅读的幸福感存在。

店员指引着我们在书店里闲逛，讲述不同的书故事，也是独特的书店风景之一。倘若没有人指引,对大多数“书店病人”来说，可能只是走马观花地看一看，收获不多，也似情理之中的事。

天泽还有点像图书馆的模样，在二楼，我看见一位发呆的男生，不知是为书中的故事着迷，还是阅读联想起其他的事物，又遇见了一两位阅读的女生,他（她）与书店有着怎样的阅读故事呢，耐人寻味。

细节里见星光

当店员得知我写过几册书之后，在电脑上查询书目，很快地找来了一册《后阅读时代》，请我在上面签名留念。

店里除了贩卖图书之外，还有书袋可以供读者购买。但在书店里较少看到这样那样的创意产品，这也与时下的书店潮流不大一样。

在吧台上，见到有一册书店自印的小册子，32 开，一个印张吧，也没封面和目录，更像是一本宣传册。开门见山就是主打书评，评论的是《一本之道》，其后是本期推荐，每页推荐两册书，最后一页是图书销售排行榜，小册子看上去朴素却很实用。从内容上看，当为双月刊。这种书店导读性的小册子，也是不多见的形态，天泽显得有点“老派”。

2014 年，中国关心下一代工作委员会主任顾秀莲在逛过天泽书店之后，欣然为书店题词——“传习高雅艺术　绵延茵蕴书香”，用此形容天泽很贴切。

在书店里闲逛，大致能感受到书店的个性与风格，也就是朋友说的“值得一逛”的感觉吧。

卞红曾在采访中说，为读者做好“守门人”。谈到当下的实体书店时，似乎很容易产生一种悲情。但对独立书店来说，路在脚下，就看怎样走出特色。既要有人情味，又要与众不同，都是书店不可或缺的内容。从这个角度看天泽，就能发现其中的故事蕴含着一种理想与开放并存，如此才能不断地给书店带来持续的活力。店员还说，天泽书店应邀重返自己的“根据地”——河西区，在人民公园内开设了分店。因时间关系，我们没有去逛。

走出书店大门，回望，不禁想象，倘若有星光的夜晚，在书店里寻觅的不只是诗情，还能够旁逸斜出、神游万里。这也是书店的灵魂所在吧。若我们的身边多一些这样的书店，也是让“书店病人”们高兴的事。

蚂蚁与海洋书店

一早，蚂蚁与海洋书店店主李岛岛在微博上说："告诉大家一个不幸的消息，书店房东和住宅的房东都来催房租了，一共一万多……所以……手头没钱……要想办法凑房租……本周四到周日上午正价书全部五折，特价书四折……看看能凑多少……求转发……"

这消息真不幸。

前几天，舒凡和我在天津逛书店，其中就有这家蚂蚁与海洋书店。书店真小，在一栋楼的二楼的最里面，若不是有人带着，恐怕很难找到。

李岛岛是个80后的文艺青年，自己手工做诗集，一册小小的海子诗歌12首，小精装，牛皮纸内页，灰纸板外封，小巧，精致。很受欢迎，我们看到的时候只剩最后一册，品相不是很好。

蚂蚁与海洋书店从里到外，不过一二十平方米。岛岛说，每个月房租不少，我不大清楚这样的书店是否赚钱。

岛岛是玩书的人，做小王子精装本，自己校对、打印，纯手工制作，也做一些好玩的书。当地的《渤海早报》曾介绍说，岛岛是玩书的高手。书店里还在做一份书店小报，可惜我们去得晚了点，也没有见到小报。

蚂蚁和海洋，是两个人联合做的书店，女生海洋一年前因故离开了，岛岛还在坚持，且店名依旧。关于他们之间的故事，网上也流传不少版本，真让人感动，还有如此爱书的年轻人。

我们在书店逗留的时间很短，没有和李岛岛更多地交谈，看得出来书店经营得显然不够理想。店里有两位女生，也许她们也是朋友。在不少城市都有这样的爱书青年，窃以为这才让城市多了点人文气息。

说起来，做书店似乎是简单的事，但要做好，非付出许多精力不可。做书店的过程，或许是对阅读深入的过程，却又牵涉到生存问题，因之，书店做得怎么样，其实不过是在延续书店生命的问题吧。

后来，和岛岛成为微信好友，时常关注书店的动态。

再后来，作为小书店的蚂蚁与海洋书店因为种种原因，也不得不歇业了。

合肥书店行旅记

这几年，陆续去过几次合肥，做读书活动，参加文化庆典。每次去，都去不同的书店闲逛。看看书店风景，看逛书店的人呈现出来的状态，固然算不上是千姿百态，也是极为丰富的。

不管书店被定义为文艺书店，还是城市阅读空间，所承载的都是文化传承功能。我到合肥，有朋友感叹，逛书店没有以前那样有氛围了，书店都在转型，寻找适宜自己的生存方式。在这一点上，国内的大部分独立书店都在尝试。

合肥的独立书店整体算不上多，有味道，或者可涵盖其精髓。

当年，合肥增知旧书店因付不起房租，即将歇业。网上发布消息之后，出人意料地火了一把。这几年，全国各地的独立书店，大都有如此的消息。但过后，我们对独立书店的关注，却未必是常态。

在合肥逛书店，给我的感受是书店不必大，也不必奢华，有购书的氛围，与三五好友交流，最相宜。

卡夫卡书店的文艺范儿

在中国的独立书店当中，曾存在过至少两家以卡夫卡命名的书店。其一是在20世纪90年代初，诗人唐丹鸿在成都的卡夫卡书店，开业没多久，因为店内的人文书籍和文化活动名噪一时，成为成都当时的文化符号之一。那时的成都书店流行做文化沙龙、讲座、诗歌朗诵会，诗人、艺术家穿梭其间，构成一道风景线。其二就是在合肥的卡夫卡书店了。

这间书店是面向大学生和文艺界人士的，主要开展签名售书、作品研讨、艺术展览以及各种文艺活动。书店还作为中国诗歌博物馆的临时馆址，将中国诗歌流派网征集的民间诗刊和个人诗集在这里展出，看上去很不错。

卡夫卡书店位于居民小区里的五楼，房间不是很大，小巧，别致。隐藏在这里的书店，应该说顾客不是很多，大都是文艺青年爱聚集的地方吧。

刚好王道兄出版了《流动的斯文》，讲述合肥张家的故事，于是就选择在卡夫卡书店做一场分享会。于是，一二十位朋友在书店里聊阅读，聊合肥张家，聊地方文化。像这样的活动经常举办。

店主许多余玩音乐，也写小说。第一次见面，大家交流很愉快。他找出我的一册旧书，请我签名，正儿八经地放在书店里。这样的事，可能很多书店不会做的吧。看上去有附庸风雅的味道，却给人别样的感觉。

后来，这家卡夫卡书店搬到了大摩广场四楼，店名也变成了许多余画廊书店。许多余尝试将画廊和独立书店结合，选书多为中西方经典文学、历史、哲学以及现代诗歌，并在店内放置绘画、雕刻等当代艺术品，让整个店看起来就像是一个小型的装置艺术展览。

保罗的口袋书店

在合肥保罗的口袋书店有三家，我的朋友蓝紫木槿说是“大口袋”、“小口袋”和“金口袋”，想来因书店的大小来分类的吧。听上去，这名字就惹人爱。

位于常青街道的保罗的口袋是合肥最早的独立书店之一，也是“大口袋”。保罗的口袋就得名于这个楼层数字“7”。“童话故事里，保罗缝制了一个魔法口袋，因为‘7’是魔法最大值，保罗就把口袋放在7层高的地方。坐落在7楼的小书店也要拥有同样大的魔力。”这是由三位70后文艺青年所开的店。

此前，蓝紫木槿曾在文章中提道：保罗的口袋栖身于一栋公寓楼内，由一户单身公寓改装而成。一厅一卫一厨一个狭长的小阳台，但是设计却非常温馨，看得出主人在改装这个公寓的时候是怎样的绞尽脑汁，细腻到每一个角落的设计都很用心。空间虽小，却能容纳多位读者，且并不让人感到逼仄。

那天一早，我们几个人去逛明教寺，那是与张充和有关的寺院。随后，就去了“大口袋”。真是不凑巧，虽已到了上午十点钟，但书店还没开门。我们拍边照边等待，从门外大致可看到书店的场景：根据各个区域的大小划分不同的功能区，阅读区、小型演出区、比较私密的茶饮咖啡区。据说，来这家店的人不少。

第二次再到合肥，意外地看到了“大口袋”的全景。虽说算不上惊艳，但我知道，有这样一间书店，已经说明合肥人对书店的热爱了吧。

纸的时代书店

位于合肥大摩广场 5 楼的纸的时代书店，是厦门纸的时代书店的连锁之一。我第二次到合肥，就是来此参加公共知青沙龙的首届安徽好文字活动。第一次在合肥看到这样的书店，才觉得合肥书店有时尚的感觉了。

2014 年 5 月，纸的时代书店是合肥第一家实行周六 24 小时不打烊的书店，店面 3000 平方米，号称“安徽规模最大的民营实体书店”。书店里功能齐全，从书的品种上来看，内容丰富。书籍的陈列、书架的间隔，极具视觉效果。而在不远处，就是凤凰书城。逛书店，跟店员聊天，收获多多。这家书店的运营方是大摩广场，据说广场的修建都要配置一家书店，所以在租金上无须太多的担心。此书店最大的特点是，咖啡很实惠，书价是当当网的价格，但不是当当网的实体店。

那天的活动很成功，在合肥的画家、诗人、作家、媒体人第一次走红地毯，引起极大的关注。此后，书店隔三岔五地举办读书活动。如著名作家薛冰的“大时代，小阅读”、美食读书会，等等，以全新的形式刷新合肥的读书活动。

合肥不是个文艺的城市，但这里的书店以文艺、艺术的形式出现，多少使我对合肥的印象有所改观。除了这几家书店，蓝紫木槿的介绍还说，还有让·伍德书吧、由新华书店打造的概念书店“前言后记”、原本书房，等等，也各具特色，可惜因为时间的关系，逛的就少了。

收到株洲舒凡老师寄来的醴陵五彩书吧所做的《我的阅读笔记》两种。

一是纪念釉下五彩瓷获得巴拿马国际金奖100年暨2015首届湖南（醴陵）陶瓷博览会纪念的专题。这是从“醴陵釉下五彩瓷图文资料专题展”中精选出来的作品，“基本上代表了醴陵釉下五彩瓷的技艺水平和生产规模，也基本囊括了已经出版了的书籍”。

二是与醴陵有关的二十多本图书的介绍，大致是醴陵人或写醴陵的书籍。在后记里有言：原本只是想为五彩书吧阅读的读者，提供一个“爱我醴陵”的阅读范本而做成的一个主题文化的蓝本本，这当然也是为了能招揽读者，印出来后，竟得到了社会各界的好评，首印1000本，已经供不应求。

这两种笔记内容虽简洁，却很丰富。这样的总结对认识地方文化来说，特别有效。

关于五彩书吧，有介绍说其位于醴陵市滨河路 38 号，室内面积达 150 平方米，现有书籍 1 万余册，涵盖名人传记、陶瓷文化、现代文学等 10 余类别。此外，书吧还收集了一些散落在全国各地的醴陵人写的或写醴陵人的书籍、古籍和资料。有新闻说："4 月 27 日，醴陵五彩书吧开业 100 天，客流量已逾万人。"

在一个小地方如何做书店、书吧，五彩书吧提供的思路值得借鉴。五彩书吧的要求并非是高大上，而是非常接地气，从实际需求出发，陈列图书，展开阅读活动，很容易收获到意外之喜。

在昆明的麦田里徜徉

记得第一次去昆明时，我告诉朋友说，最好去逛一逛书店。朋友笑话我："在昆明，有什么书店可以逛？"此前，我只记得看到昆明的文化名流朱霄华、张翔武、内陆飞鱼、龙美光的淘书文章，真是内容丰富。不过，这逛书店与淘书，还是有显著差异。对我来说，逛书店能淘到中意的书，是再合适不过的事。

那天，到昆明，约了内陆飞鱼一起逛书店。他爱书爱碟爱到死，所以跟他一起逛书店，多少有些文艺范儿，听他讲讲昆明的故事，就更有意思了。原来昆明还真有不少有可逛的书店。

文艺的麦田书店

麦田书店在书店江湖上名头不小。飞鱼兄曾在文章中写道：

麦田的书，或是马力闲时去新闻路图书批发市场用心淘来的，或是通过各种民间渠道收集来的，类似周云蓬最早的地下诗集，一些民间刊物也会偶尔露面，甚至各色文艺青年们自己印制的诗集，也可以送来这里交流，一些学校的文艺刊物也偶有陈列。想来也是很有意思的书店了。

过了中午，才慢慢走到文林街的文化巷。据汪曾祺的文章说，抗战时，这里有书店，也有茶铺。现在走来，街道依然逼仄，让人疑心这样的地方是否真的有书店存在？及至挤入麦田，觉得它和江湖名声是不相称的——店面太小，不过20平方米大小，另一半铺面因为租金上涨，不得不转租给别家了。店内满坑满谷，一老外在用汉语咨询明信片。

一般书店里卖的畅销书，这里是找不到的，书架上以亚文化与非主流小说作品为主，音乐和电影书籍尤多，“法国十月文丛”系列一直是长销书。书店还会不定期地举办读书会、诗歌朗诵，还有纪念乐手的专题活动。

于坚曾写道：书店、咖啡、先锋派电影、凯鲁雅克、牛仔裤、列侬、激浪派、布鲁斯……我愿意把这些有点超凡脱俗、有点“装佯”的私人趣味暗藏在生命的暗室里。现在我觉得，在一个庸俗化和拜物教令人窒息的时代，波希米亚式的生活方式相当重要，这个“佯”是有必要公开地“装”的，我们就是要“富与贵，于我如浮云”，要“道不同，乘桴浮于海”。我们这些自得其乐的写诗的、画画的、搞音乐的、拍纪录片的……其实已经被世界开除成为一个“少数民族”，我们必须在书店里、在莫扎特的音乐中、在诗歌朗诵会上、在前往西藏的途中、在日益丧失的故乡牵起手来，彼此依靠……

我所见到的马力，看上去像刚刚睡醒的样子，还有着慵懒的表情，从沙发上坐起，一台办公桌，也充当了收银台。好像昆明的文青都知道这里的营业时间，所以还没有成批赶到这里的盛况。看了不少书都想据为己有，最后却只买了一册《云南掌故》，聊作纪念。

在麦田，更多的是朋友的聚会，文青的欢场，而这样的一群青年环绕在麦田周围，自然形成了一种被称为麦田文化的东西。马力在音乐圈的号召力也决定了来这里闲逛或游玩的人不在少数，但一时又容纳不了太多的人，三五个人，已够满了。

告辞出来，回眸再看麦田，仿佛看见了一道风景：金黄的麦子，油油的波浪，那是延续了从西南联大至今的风貌，尽管岁月老去，却风华独在。

马力的故事

在成都逛书店，遇见象形书坊的老板宋杰，聊起了马力。马力做音乐，虽然在音乐江湖上名声没那么大，依然是传奇人物。他开书店，是音乐的延续。宋杰回忆起曾经的音乐故事，是有温度的。

可惜的是，我跟飞鱼兄去的时候，还没跟宋杰聊起音乐的故事，要不也会跟他聊得更多一些。诗人老六有首诗《在麦田书店门口和马力喝茶》，最后一段是：

马力带领我们消磨时光
用的是我们头顶天空中
那些白云散步的速度

这样的速度，也是昆明文艺生活的速度吧。

书店之所以取名麦田书店，就是来自那本著名的小说《麦田的守望者》。我不记得在书店里是否看见了这本书，但给我的印象是，在书店行业前几年整体衰落的情况下，马力的书店只是把店面缩小了几近一半，还在独自活着，这也许跟书店紧邻高校相关。一代又一代的文艺青年从此处出发，或阅读或音乐，滋润着心灵的成长。多年后再回头打望，是不是就有了更多的意义？在书店里来来往往的文艺青年，正是麦田活下去的动力吧。

2014 年，马力开了家塞林格咖啡店，那里满屋书香却不卖书。这也许是另一种文艺思想的表达。但不管怎样，这个感觉给人的印象蛮好。

逛书店的意义

在昆明的几天时间里，吃傣家菜、逛书店，真是幸福之旅，当然待得最久的地方还是在麦田书店，然后又去周边的几家书店逛了逛。倒是在一家小书店遇见有关云南的系列图书，买了好几种。内陆飞鱼对昆明的书店了如指掌。随后，他又带我逛了几家旧书店，虽未遇上朱霄华和龙美光，但刚好遇见诗人张翔武，我是他的作者之一，于是一起逛书店，聊聊熟悉的书，真是开心。

为什么要逛书店？我曾说是书店病人，但这解释似乎还不够。就像麦田书店那样，虽不是很大，却能容纳一种思想一种生活，也就够了。然而，逛书店，与其说是与内心的对话，倒不如说是“反叛”现在的文化思维模式，寻找一种适宜的内在感——就像守望，有时也是一种风景的。

昆明的独立书店也还有好几家，比如花生书店、大象书店、漫林书苑，等等，但像麦田书店那般朴素的却不多见。一间书店如何才能活下来，因素固然很多种，但最为关键的是找到自己的生存之道。可在多数时候，我们会羡慕某某书店的风光，却忽略掉书店运营背后的艰辛，正如像我们慕名去麦田书店一样，其所得的印象也会有差异吧。

麦田书店，在守望吗？我不知道，是不是可以这样理解。但在我看来，逛书店其实并非是在为一种文化守望，而是在更深层的意义上探寻书店生存的可能性，这才是书店存在的价值。

在芜湖邂逅书店风景

芜湖是江南名城，濒临长江。小城除了风景独特之外，还有安徽师范大学，那里的读书人创办了几份读书报刊，如此的读书氛围让人觉得不得了。著名的徽商是以芜湖作为门户，走向全国，可见其有独特的文化氛围。

到了安庆，没有不到芜湖的道理。爱书人桑农先生跟我这样说。早在几年前，我就跟桑先生网上相识，他的著作《开卷有缘》在台湾出版。在芜湖访书店，看书店风景，也就是另外一种形式的开卷。芜湖的独立书店如万卷书屋、人文书店、雅韵音乐书店、金峰特价书店、学人书店，等等，几乎都集中在镜湖边上，这也就少跑了许多路。

万卷书屋的生机

桑农带我穿过中山路右转，就到了春安路。在沿路的一侧分布着些许书摊，看上去有十多家吧。规模也挺大，只是好多书摊尚未营业，也就无法窥视书摊的全貌了。

先去的是万卷书屋。三开门面的万卷书屋有很多传奇故事，如收书买书的故事，桑农讲了好几宗。在孔夫子旧书网开了网店，让万卷书屋有了新机遇。此后书店再一次的发展契机，就是遇到了某大型图书馆的剔旧。三万余册的旧书中，藏有不少珍本、善本，这将万卷书屋进一步充实起来，并且也得到不小的收获。至于收售线装书的故事，也有不少版本流传，这几乎是芜湖书业里的传奇。

这里有两位店主，各有分工，一位外出寻找货源，一位在家留守。我们去的时候，刚好店主宋磊正在整理一包刚到的书，他的伙伴小汪（汪华）在外面收书。他们在孔网上的网名为“旧书迷001”，这家书店网上知名度很高，如陈子善、王稼句都来淘过书。后来，我在网上跟几个爱书的朋友炫耀这家书店，大家纷纷说，早就去逛过了，看来我真是落伍了。

过了一阵子，宋磊拿出一张艺术家倪建明为万卷书屋设计的藏书票，拱花，大气，其中票面上的凹凸感更给人一种立体的感觉。万卷书屋不仅卖旧书，也卖新书，在老板看来，只要是好书，不管新旧都愿意卖，这也是一种独特的风景吧。

桑农说：“安徽师范大学图书馆的张翔和几位书友，每天下班都要来这里逛一逛，不一定要买什么书，大家就是在这里碰个头，闲聊。”我能想象书友对书店的情感，超越了自家的客厅。

书店昨天刚进了一批货，宋磊忙了差不多一天，尚未清理完，边跟我们聊天边整理。我选了两册书,一是《四川新兴版画发展史》,四川版画很有特色，只是现在提到的人少了。一是《中国戏曲史钩沉》，上下册，蒋星煜著，对戏曲文化多少有些兴趣，也买了不少川剧的资料，遇见合适的书，总不肯错过。

万卷书屋，应该算是在芜湖时间最久的独立书店吧。在多年的经营过程中，若不是有不断滋生的生命力，恐怕很难在这个小城坚持下来。

人文书店的味道

逛了万卷书屋，又走进了人文书店。桑农向老板介绍了我。老板说："《书店病人》我卖过，很不错。"我想这多半是客气话，但美女老板是真诚的，很让人感动。

人文书店规模也有一两百平方米，靠墙的是几排书架，中间摆着几张长桌，桌子上密密麻麻地陈列着各类图书，只露出些许书脊。在书店里看过,才发现这里和万卷书屋一样,新书旧书都有。这大概是芜湖书店的特色吧。

人文、社科、地方文化等类别的书，都可在这里寻见。猛一看，与万卷书屋有点相似，却也有个性，即通过为本地读者服务的同时，也在提供更有价值的读物。至于本土作家的作品，在这里也可寻见踪迹。不仅如此，人文书店还与一些文化人常来常往，如提供开卷书坊、桑农等独家的签名本，这条路虽不易，但至少可以为书店生存多出一条渠道。

逛了一阵，老板拿出一册《芜湖古城》，她说："你来芜湖，一定要了解芜湖的历史，这本《芜湖古城》正合适。"然后签章，把书递给了我。这让人欣喜，一册书在手，大致可了解芜湖的古今历史。

有位"六不大"网友在微博上说："好怀念芜湖的旧书店一条街。人文书店的老板也喜欢看陈丹青，还给我推荐过董桥，作为回馈，我给她推荐了木心。"这样的互动正是体现人与书的交集，也是最动人的风景了。

后来我在网上看到，人文书店还开有博客和微博，经常更新书店的新书资讯。这种人性化的服务，正可以方便读者。书店并非是越做越大才是好，如何守得住一方天地，做得尽善尽美才是成功的关键吧。

阿英与藏书票

1949 年，安徽大学迁至芜湖，也在现在的安徽师范大学校园里留下许多遗迹。此外，在镜湖公园的边上，还有藏书家阿英的藏书陈列室。按道理说，作为爱书人应该去看看，但陈平原先生有篇《江南读书记》，记录了他参观的经历："到了芜湖我才知道，这段报道除了芜湖市图书馆确实地处'镜湖烟雨墩'和烟雨墩确实'风景幽美'外，余者都必须打折扣。首先，家属捐赠的并非阿英劫后留下的全部藏书，而是部分藏书；其次，所谓'供各界人士阅览钻研'云云，那是将来的事。"我这次去，藏书室也没对外开放，只有通过层层请示、报告才可进去观书，如此一来，原本轻松观书的事，就复杂了。我是懒得麻烦的人，遇到这等麻烦的事，不去也罢。

说到芜湖，不能不提到版画家倪建明先生，他所创作的藏书票，是“透过藏书票的框线以古老的徽刻拱花技法，使单调的线条富于变化，由此产生一种明显的浮雕似的凹凸效果”。在万卷书房就看到了一帧，真是漂亮。在镜湖公园旁边有一间倪建明的工作室，倪先生每天都在工作室里忙活，制作了不少藏书票，倪先生理想的书票艺术境界“凝聚着一种东方人的人格魅力、审美精神和伦理观念”。

访书、淘书、藏书票，如此密集地聚在一起，更让人羡慕芜湖的人文氛围了，倘若能时常悠游其间，那也就更得书香的神韵了。

访长沙德思勤书店

长沙，有好几位心仪的师长辈，如钟叔河、朱正等老先生，年轻一代的周实、彭国梁、吴昕孺等，他们在文字领域各有千秋，再年轻一代的学人也是充满朝气，跟他们相处，能感受到的都是浓浓的书卷气，这样的氛围真好。

逛书店，是我的例行功课，所以少不得要去找寻一两家书店逛逛。

这一次，舒凡老师特意推荐了德思勤书店，这是一家 24 小时书店，听说很不错。我知道经营一家 24 小时书店，需要付出的更多，我也曾在成都、西安等地走访 24 小时书店，给我的感觉还是书香固然很好，但对大多数人来说，跑到书店去阅读，实在是有些作秀的嫌疑。

德思勤书店位于长沙城南的德思勤城市广场的地下一层，旁边就是一条短短的街，一眼即可从这头望到那头，却取名为牛津街，我猜想大约是想营造一种书香氛围吧。书店开业后，经常举办小型论坛或分享会，来自北京、香港等地最具影响力的书店代表汇聚一堂，探讨以书店为代表的城市文化地标对城市的深远影响，推广全民阅读，共襄城市文化生活方式。创新型艺术文化生活模式的引进，再次改变南城人的乏味生活。

像德思勤24小时书店这样的店，在全国已经有不少，有爱好书店的朋友说，购物中心开间书店似乎是一种标配。其实也跟现在人们的购物需求相关，当逛商场逛累了的时候，也需要休息一下，比如看看书、喝喝茶或咖啡，这就需要相应的场所，书店也正因此应运而生。

德思勤书店的面积约有3200平方米，从书目的选择上看，数量虽不是优势，但在选书上却颇具匠心，比如跟随时尚与潮流，达利的画展刚开始，这里就有达利的外文画册出售，从阅读上拉近了与时尚的距离。在最里面有一个书籍展示区，展出的是书店最好卖的50种图书。当然，这个书目也会跟随图书的销量进行相应的调整，在动态中提供最佳的服务，也是书店应该具有的特色之一。

我们去的时间已是中午，书店里的客人并不是特别多。我边翻书边和店员聊天，店员告诉我，如果书店全部开放，可一次性容纳2000名读书爱好者。我注意到在书店最里面，靠墙的区域，高于地面，且有台阶，再往上走，原来是一个类似走廊的地方，这里陈列着文学类的书籍。我看了下书目，大致都是最新流行的读物。店员说，若是到了下午，这里常常都坐满了人，只能容下一人行走。这样的读书氛围，真是难得。

当然书店离不开活动。2015 年 10 月，德思勤开始以 24 小时书店为平台，举办一个名叫“晚 8 点”的沙龙活动，阿里云创客大赛全国总冠军、笔记工具“OK 记”创始人之一田飞，长沙电商“糕手”李杰，互联网蛋糕品牌创始人分享他们的创业故事；“中国文学最迷人的异类”、与王小波同年获台湾《联合报》文学奖的薛忆沩，与读者分享他的成长经历与文学之路；澳大利亚著名设计院 GHD 中国区副总建筑师罗朝阳，分享一名建筑师的文化思考以及城市建筑的文化演进……这些能带给书店的是品牌积累，却未必有助于书店的销售。

尽管如此，大多数独立书店又不能不举办这样或那样的文化沙龙，以期赢得更多的读者青睐。值得一说的是，文创产品是德思勤书店的一大特色，但因多数是从台湾引进的品牌，也遭遇周转期长的问题，大家都在尝试着改变。而这正是书店不断尝试、寻找自我定位，探索能够长期生存下来的可能性。

在书店里浏览，观察不同读者的喜好，以及看看店员的服务水准，都是体验书店的最好方式，在德思勤书店，相遇到的是一种美好，但愿下次再来的时候，多逗留一些时刻。

我几次到长沙书店都留下深刻的印象。朋友王来扶前几年在熬吧读书会做事，后来他在梅溪湖经营集文化、生活、艺术于一体的阅读主题餐吧。可惜这次因时间关系，不能再去闲逛了。

晴朗文艺书店

话说不少书店看上去是相似的，但也有不少细节上的差异。比如北方的书店粗放一些，而南方的书店则细腻一些。说起石家庄的书店，印象中似乎不是特别多。刚好有位 80 后文艺青年韩松编辑的微信公众号“书店故事”，也编了个小册子《河北书店故事》，对书店再熟悉不过。又有对书店有研究的倚天兄，拜访石家庄的书店自然有向导了。

抵达石家庄的时间已是晚上十点钟。跟韩松和倚天联络，计划第二天拜访书店，时间有限，只能选择一两家书店。于是确定路线为籍古斋旧书店，一家卖线装书的店；再就是著名的晴朗文艺书店了。倚天兄说，庄里就这两家最有特色。

晴朗文艺书店，其位置在仓裕路的凤凰城一带，二环路边上，位置有些偏。其店主晴朗李寒既是翻译家，又是诗人，前几年在网上相识。晴朗文艺书店自然以诗和诗人的作品为主打。书店面积有三四十平方米，书架上林林总总的诗集，将国内优秀的诗人一网打尽。

懂书的人开书店总能给人意想不到的效果。与晴朗李寒约着下午三点至书店，稍后他来短信说有点事情，改到三点半。韩松刚好送一册诗集来书店，顺便带路过去。若不是他带路，怕是要错过书店了吧。因为在书店门口并没有看见店招，只有一个简洁的广告牌而已。

看到晴朗文艺书店，让我想起成都的小书店象形书坊来。进门的左手边即为前台，再前行拐个弯就窥见书店的全貌了，果然店里图书陈列很紧凑。随意看看，发现有不少四川诗人的诗集，随意聊聊彼此熟悉的诗人，也是有意思的事。虽然时下的书店不景气，好在还有不少爱书人因缘际会开书店，也就铸就了一段段传奇。晴朗文艺书店即是如此，如非晴朗李寒的身份是诗人，恐怕难以有这样的书店出现吧。

书店有晴朗李寒手书郁达夫的一副对联：绝交流俗因耽懒，出卖文章为买书。书店亦不乏诗人的题句，如东荡子的话语："诗歌这种形式是人类惊人的发现和创造，它的到来给人类带来了巨大的精神慰藉。它是一个动词，它一直在帮助人类不断认识并消除自身的黑暗，它是人类防患于未然的建设。"抑或是卡夫卡的语句："我想，我们应该只读那些咬伤我们、刺痛我们的书。所谓书，必须是砍向我们内心冰封的大海的斧头。"

此外，书架上也有形形色色的短句，如曼德里施塔姆的"我想缄口无言，但黄金在天空舞蹈，命令我歌唱……"如阿赫玛托娃的“诗人不是人，他仅仅是灵魂——即便他是盲者，如荷马；或者，他耳聋，像贝多芬——他依然能看见，能听见，能引领所有人……”指引着读者走向书册。浓浓的诗情将书店的氛围一下子烘托了出来。

稍后，同行的成都诗人、作家一同来到书店，十多个人在书店里就显得有些打拥堂（方言：拥挤）。大家看书选书，不亦乐乎。我跟晴朗李寒介绍同行的朋友，大家轻松地交流，倒也是难得愉快之旅。我选了李寒翻译的《我还是想你，妈妈》，以及一大沓日本浮世绘明信片，有次在西安关中大书房看到过，买了不少，这次不管是否重复，先买下再说，生怕错过了从此再难以相遇。

虽然这次的行程只是匆匆参观了晴朗文艺书店，却还是感受到石家庄书店的氛围，对我来说，书店行脚又多了一个驿站。随后，晴朗李寒在朋友圈晒大家逛书店的图片时说，感谢成都作家一行来书店交流，这是我们开店以来接待的人数最多、级别最高、质量最好的作家代表团！

籍古斋旧书店

早几年玩孔网的时候，印象中石家庄有好些家旧书店，但从没有打过交道。这次路过石家庄——诗人晴朗李寒戏称为“国际庄”，自然想探寻一番，联系了韩松，他对新书店熟悉，旧书店熟悉的并不太多。于是又联系倚天兄，印象中他对此多有关注。

如此这般给我推荐了籍古斋旧书店，那是位于河北古玩城三楼的一家旧书店。我又咨询《藏书报》张维祥兄。他说老板名为崔中友，并叮嘱我别说《中国旧书店》里写了他，恐怕他还不知道有这书。我答应了下来。

跟崔先生联系，约了十点半去书店看看。大概因为是在楼上，没见店招，走进去才看见店招放在了里面。店里只有崔先生和夫人在，我先大致浏览了一下，书店除了线装书外，有少量二手书，此外就是文玩之类的了。有书友这样评价这家旧书店：“一进门，就看见三排古式书架，挤满了各式各样的古籍。屏风、奇石、镜架、砚台、老木桌和一大堆字画，还有品相完美的诰命。两侧的玻璃柜里，那老东西就更多了，各种照片、眼镜、地契，甚至听诊器、针管应有尽有，让你置身在那些纵横过往的岁月里，恍如梦中。如果不是门口的玻璃门和一身现代装束的老崔，我真以为自己穿越了。”

聊天时，崔先生以为我也是开书店的。我赶紧说不是，只是写几篇文字而已。崔先生早年从事书画装裱，但亲近图书，十多年前介入线装书领域。2003 年在北京开了七八家店，忽遇“非典”，撤回石家庄。早几年线装书行情好，“拿到拍卖会，没有带回来的。现在不行了。”他说，现在适合收一些书。崔先生似乎与成都淘书斋的蒋德森有来往，又翻开一个记事本，上面记着几个成都的来访者，看看名字都不大熟悉，也许都是关注线装书的吧。

闲聊中说起孔网。崔先生说：“前不久还去给他们送过书。人家做事，大气，来往路费都给报销了。他们那地儿不错。”他翻翻名片，没有找到，话题就扯开了。

说起成都，原来崔先生早在 20 世纪 80 年代就来过，勾起了他几多回忆。崔先生边回忆边说：“成都好吃的太多了，味道好，环境也很好，每次去吃得特舒服。石家庄就差远了。”

稍后，我在他的留言本上记上联络方式，他记下时间，又找出一册《中国旧书店》来：“这里面有写我们书店的一篇。”我说，这里也有我的文字。他看了看，说不错。话题从美食再回到旧书上，石家庄玩线装书的有几位，但开店的只此一家。“书店不好做，回头还得联系个新门面开店，这里平时人就少。”我注意到旁边有好几家店都关着门，来此游逛的人更少了。这大概也跟石家庄有三四个古玩城有关，一旦分散开来，就不能集中吸引玩家了。

我在书店随意拍几张照片。对于线装书，大多是心有余而力不足，只是从旁边观察了。崔先生联系了张维祥兄“中午聚聚”。我此前在网上看资料说其是晋中人，我以为是山西的某个地方，却原来是石家庄边上的城市——晋中。这等谬误说来让人害羞，却引起了崔先生对晋中的叙述……

“国际庄”有这样一家线装书店，也真是拉高了格调。即便不能每天跟这些书亲近，偶尔去参观参观，也就有了几分文化气息。

温情的襄阳旧书城

每次出行到一个地方，我都会走访一些书店。这不是源于对文化的喜好，而是因为书的延伸——没有书店的存在，可能我们就远离了文明生活。基于这样的理由，我相信有着众多书店的城市，人文风景不会太差的。

襄阳的书店有多少，我未曾做过统计，但我早就在网络上知道，曾经有一家中国旧书网在这里，当时还办了一份刊物叫《民间书声》。后来，我才知道主事者是阿哲，不少书友这样称呼他。他的真名叫张哲，大学毕业打过工，办过服装厂，摆过地摊，可对书的那份痴迷，一直未曾改变。因为爱书，才有了这样的书故事。

阿哲开书店，颇多艰险。2013 年，位于襄城北街的“阿哲书屋”被湖北省委办公厅、宣传部、民政厅等联合授予全省首批“励志书屋”。这是因为此前阿哲出了车祸，不幸成了三级肢残的残障人士，网站和杂志无法继续办下去了，但他对书依然热爱，于是就开办了这样一家书店。经过努力，阿哲书屋现已发展成为建筑面积上千平方米的“襄阳旧书城”。

曾在襄阳担任市长、市委书记，退休前任湖北省政协副主席的杨斌庆先生曾先后两次从武汉寄来图书，支持阿哲的旧书城发展。杨斌庆先生寄来的图书多涉及书画理论和武汉、襄阳等地民俗，这是期望文化能够继续滋养着襄阳人。

与众多文艺青年开书店玩票的性质不同，阿哲开的书店就是他生命中的一部分。他经营书店，更是在经营襄阳文化。我曾听著名现代文学版本学家龚明德先生说，每次回到襄阳，都要去旧书店看看，有时也会约上朋友在这里聚会。当地的爱书家如梁萧、熊万里等人也是这里的常客，在他们的眼里，襄阳旧书城是襄阳文化的一部分。

后来，阿哲又被市残联邀请担任内部发行的双月刊杂志《牵引》的编辑，负责编采残疾朋友的故事。阿哲说：“创办《牵引》是为了增强残疾读者战胜困难的勇气和信心，向他们传递积极、坚强、乐观的正能量，为残疾读者点亮心灵的明灯。”

众所周知，旧书店的运营十分复杂，既涉及图书品类，也与当地爱书人的喜好等，都有着极大的关系。阿哲将旧书店升级成旧书城，这不止是一次书店的转身，也是在谋求更大的发展。

然而，在今天碎片化阅读的时代，旧书城要持续做下去，就需要更多的精力投入。在阿哲看来，襄阳旧书城就是打造襄阳最大的旧书市场，以此带动的是襄阳文化包括民俗、文史资料等的挖掘和整理。这种功能性的转型，是书店多样化的尝试，也是对未来的期许。

襄阳旧书城，在今天所承载的不只是襄阳文化记忆的一部分，还在全国旧书店中独树一帜。这一切源于阿哲的坚守和努力，更源于他对襄阳文化的热爱。

留神书店

2016年的全国图书交易博览会于7月28日至7月30日在包头会展中心举行。我刚抵达包头，在主要街道都可以看到书博会的巨幅广告。说起来，对包头的印象，或许是多少有些另类吧。西北的城市虽然不少，但留给人好印象的似乎不是特别多。但包头例外，因为此处有旧书店、旧书摊，还有最文艺的独立书店，而且是24小时书店哦。

随后，即走进包头古玩城，观察旧书摊，不少书摊老板竞相谈论书博会的盛况。原来，不少书摊都准备了充足的货源，等候着嘉宾来一场淘书之乐。我和朋友走进包头一家旧书店——木林书店，只见形形色色的图书，顺便淘了几册书。

走进包头之后，才发现这里也有24小时书店，且有两家，一是包百路上的新华书店，一是独立书店留神书店，其店主胡俊峰原来是网络作家，近年来，成长为包头最具特色的独立书店。据了解，书博会期间，包头的各大书店大多会举办形形色色的读书沙龙，并邀请著名作家举办一系列的读书活动。看到这样的书店，真是意外惊喜。

在书博会期间，留神书店也举办了一系列的阅读活动。留神书店的一面书墙，集中展现了书店的风格。时下的书店风格如何呈现，可谓是各有千秋，如重视环境的营造，书架的陈列，等等，都显示出了其应有的内核。

留神书店面积虽小，还是分为上下两层。楼下，只可以坐几个人，楼上的活动空间略大一点儿，能容数十人，看来这里也常常举办小型的读书沙龙活动。可惜，我们去的夜晚，没有遇见读书沙龙。

书店里陈列一只信箱，那是预示着未来的相遇。同样的信箱，体味不同的书情冷暖。

在吧台右侧的一面墙，是文化名流的影像，而在影像的旁边，是李白的《将进酒》。由此，可见书店的风光，是何等荣耀。

夜已深，书店里还有三三两两的读者。

我跟朋友不得不告别了。

是的，在包头，相遇这样一家文艺的书店，给人一种新奇的感觉，打破了我们对西北城市的终极印象。从这个角度看，留神带给我们的，或许更多。

那是文化，是绿洲，是带给世界的爱。

瓷谷书吧：畅游在书海

这些年，我也曾到过一些经济发达的县级都市，总想着会发现有意思的书店，至少会遇到几分书香气息吧。然而，时常难以遇见能给人惊喜的书店，哪怕是有间书店，也会夹杂着教辅、文具等，显得不够有品。到醴陵，也没想着能逛到有意思的书店。舒凡老师却告诉我说，醴陵的书店还是有特色的，比如位于中国瓷谷里的瓷谷书吧就很有创意。

醴陵瓷器相当出名，尤其是瓷器艺术多为当地艺术家的创作，也许正因得益于此，醴陵文化也有着自身的特色。中国瓷谷是以醴陵瓷器构成的一道文化景观，分布着数个展馆，比如历史名城馆、陶瓷科普馆，它们以不同的瓷色相区别，瓷谷书吧则位于一栋红色的展馆之内。

欲进入书吧，需攀上数十级台阶，穿过平台，再沿着一条环形通道走入谷底，才可进入书吧里面。站在台面之上，透过透明的玻璃窗可观看书吧内景，书吧中央有一株大树，其实是木架结构的仿真树木，木条象征着枝条，向四周伸展开来，这样的智慧树须足够的空间才能展开，书吧有数米之高，正好呈现出树木的应有样貌。

12 月的醴陵有些寒意，当走进书吧之内，立刻感受到浓浓的暖意。左侧为儿童区，有儿童的活动区域和童书架。在智慧树的周围，分布着数个顶天立地的书架，陈列的是可借阅的图书。围着墙壁大半圈分布着林林总总的书册（藏书两万多册），打眼就看到一架瓷器文化的图书，内容涉及醴陵瓷器的方方面面，立刻让人感受到当地浓郁且十分深厚的瓷器文化，这阵仗远比成都的“邛窑”研究要丰富得多。

瓷谷书吧的书籍陈列猛一看去，跟大多书店里的书籍陈列相似，仔细阅读才发现这里有着独特的品位，以国学图书为例，既有经典国学作品，也有成套的国学通俗读物，可满足不同读者的需求。再就是生活类的书，也有十余种“茶之书”，看上去也颇有阵势，遗憾的是未曾发现与湖南茶有关的书册。意外的是，我在书架前巡游时，居然看到数册《关中大书房的故事》，这本书系精装本，装帧大气且内容扎实，呈现出关中大书房的过去。也许再过个 20 年又是新篇章了。

瓷谷书吧于 2017 年 9 月开业，至今不过两年的时间，却显现出不俗的书吧气象。我留意了一下来书吧阅读的人，数量不多，皆在安静地品茶阅读，这样的氛围着实让人羡慕。要知道一些书店虽然人气旺盛，背景音乐也适宜，就是给人一种喧闹的感觉，但在瓷谷书吧却未曾有过这样的感觉。

走进书吧之后，店员没有“急功近利”地过来追问“您是喝茶还是看书？”而是让你自由地悠游书丛之中，即便你没有买一册书或泡一杯茶，飘然而去，店员也不会过来“干涉”。逛书店的存在感正是为了体验这种的“不经意”。

遗憾的是，瓷谷书吧里有关醴陵或株洲的书刊少了些，如渌江书院、云岩寺等，皆是值得关注的文化现象。像我这样喜欢阅读地方史的人总喜欢这样的书。毕竟我们的每次旅程都十分短暂，总不大可能在短时间内了解当地的风物风俗，唯有书册让我们窥视当地文化的堂奥。

在来书吧的路上，舒老师告诉我说，两天后的读书分享会也是瓷谷书吧举办的。我在书吧里走了一圈，选个位置坐下来，随手翻阅一册《小津安二郎美食三昧》。于是，陆续想起电影与美食的故事，坐了一阵，买册书离开了。付款时在吧台看到一个书吧的宣传册子，介绍着瓷谷书吧的历史。走出书吧，外面冷冷的空气包围了我，好在有小津安二郎和美食，感觉多了些许温暖。

两天后的夜晚，来自全国各地的旧书店主、爱书人齐聚在瓷谷书吧。那天的傍晚，飘起了细细的雨丝，多少有一些寒意了。大伙聚在书吧聊茶与书，以及书店文化。我不太清楚书吧以前是否举办过此类的阅读活动，但可以肯定的是，这场活动会给书吧带来巨大的声誉。

活动结束之后，大家继续聊天，直到晚上 10 点钟，众人才依依不舍地从瓷谷书吧里出来，踏上返回旅馆之路。以后来瓷谷书吧，也许会相遇到更多有意思的故事吧。

阿勇旧书店：湖南旧书业中的翘楚

长沙的旧书店，我零星地看过一些，如星星书店、小白书店等，各有特色。长沙藏书家迭戈告诉我说："有一家旧书店，你看了绝对震撼。"能让人震撼的旧书店，在当下并不多见。于是，我们几个人从株洲赶到长沙，已经是晚上九点钟了，简单吃过一点东西，就驱车奔向望城区的阿勇旧书店。天气虽然有些寒冷，却挡不住爱书人逛旧书店的热情。

这家巨大的旧书店，若说是书店的话，倒不如说是书库更为准确一些。这是一栋六层的建筑，房间虽有差异，却同样陈列着林林总总的图书。因为时间关系，我们集中在二楼右侧的房间，只见数个顶天立地的书架上，图书满满，甚至地面也堆放着书册，却并没有详细分类，人文与成功学交织一起，美食历史共一架。这样的淘书才得"淘书"的趣味。寻觅一个多小时，得书数册，这样进“库房”淘书，当然有味道，也可发现“秘册”(比网上淘书更有味道许多)。由于时间已经很晚了，只好悻悻撤离。尽管如此，也还算是满载而归，甚至还“捡漏”了一两册书。如果时间再多一些的话，这次淘书之旅收获的会更多吧。不过，淘书就在于享受“淘”的过程。在阿勇旧书店淘书也不例外。

2018 年 12 月，一场名为醴陵古旧书展在醴陵国际会展中心举行，全国来了近百家旧书店（摊），这其中就有阿勇旧书店。2017 年的探访让大家彼此熟悉了许多。再次叙旧之后，我才知道阿勇的本名乃汤崇勇，做书店虽是新手，但善于发现商机让其成为湖南旧书店中的翘楚。

阿勇对书极为珍爱，不管书册价值如何，均装在一个个储物箱内（即使搬运也不会出现破损）。在书展现场，我注意到一些书店多是用纸箱装载图书，珍贵的图书则装入到木箱子里。很显然，阿勇对待书的方式要别致许多。

书展刚一结束，毛边书局的傅天斌和我即奔赴长沙阿勇旧书店，图书依然是那样得多。我们抵达之后，就在旧书店观书，一楼立着数个书架，陈列图书皆与湖湘文化有关，这只是众多图书的一小部分。我大致浏览一下书册，不少是难得一见的资料。上次来过的二楼书库，整洁了许多，且将图书做了简单的分类，尽管如此，还是显得不够书店味儿十足。

然后，坐在四楼喝茶聊书。旧书店的图书货源充足，也不愁销路，就是现在摸不清有多少家底，是百万图书还是多少，具体到图书分类，还有不少待完善的地方。好在阿勇对旧书店有新的规划，拿下一两间会所，做主题书馆，这想法当然不错，但如何快速建设书馆是个系统的活。于是，针对书店存在的状况，提出若干建议。

随后，参观旧书店所藏的书库，比如一大堆中医杂志，让林文书局的傅天林很感兴趣："在成都，这些书刊投放到市场上，很快就可销售一空。"不仅如此，旧书店所藏的艺术品也多达十万件，不由得让人感叹阿勇的大手笔。

至于纸品，旧书店所藏更为丰赡，一叠关于湖湘水利的资料，系20个世纪五六十年代的原始文档，这当然是研究湖湘水利的珍贵文档了。至于湖南的地方原始档案，数量也极为丰富。我看着它们则笑着说："这样珍贵的资料，在成都我是看见就买的。"地方文献的珍贵就在于它的独一无二，因数量有限，一旦错过即失之交臂矣。

接着，阿勇带我们参观距书店不太远的大汉园，这是一个精致的仿古建筑群，于是就有了以此为基地构建"湘学馆"的可能，这也是别致的想法。且可根据场地的大小，进行具体的功能分区，以此吸引不同的读者走进来，参与到阅读活动中去。成都的旧书店虽然整体质量极高，但还没有一间关于巴蜀文化的专业书店。如果阿勇将这百万册图书，分不同的主题陈列，也是别具一格的设想。对书店以后的销售渠道的拓展，也是大有益处的。

当然，旧书店在当下如何才能做得更好，则是见仁见智的话题。但毫无疑问的是，像阿勇旧书店这样的书店，在全国更是不多见的。在我们喝茶的间歇，听阿勇聊书店的发展规划，看得出来，阿勇对书店怀有着深深的爱。

这一次逛阿勇旧书店，并没有淘一册书，只以聊书店发展为主。这也让我们见识了湖南书店的新设想：仅仅贩卖旧书，已经不是当下的旧书店存活的路数了。

全怪谈
顾
“阅读 分享
在钢筋混凝土的城市里，能有一点点空间，找到一种最舒服的姿势去阅读。
推开书店之门，让信仰在这里相遇。

卷二 书店事

当初开书店，能想到的事情无非就是自己爱书而已，至于有啥子崇高的理想，似乎也没想过，靠这个养家糊口，确是难事。特别是我这样的工薪族，资金少，自然做不成独立书店，只能当一个业余爱好吧。

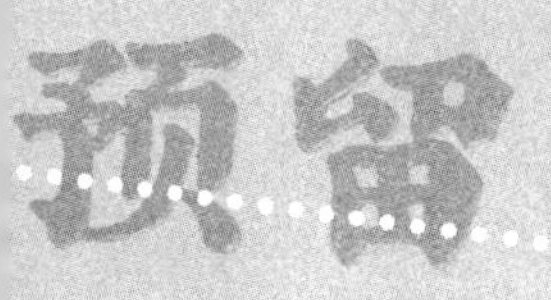

阅读，有微醺的醉意

书店理想

2008年，香港青文书屋的老板罗志华意外葬身书店。真是悲剧，那么与书相遇的罗曼蒂克就只剩下凄美了。想起自己的书店不免感叹一番。罗志华是把书店当成了文化事来做，一丝不苟。哪儿像我开店，全没个正当的理由，就把书店开了起来。

当初开书店，能想到的事情无非就是自己爱书而已，至于有啥子崇高的理想，似乎也没想过，靠这个养家糊口，确是难事。特别是我这样的工薪族，资金少，自然做不成独立书店，只能当一个业余爱好吧。

那天，在店里无事，也没人来逛书店，我就一个人闲翻书。想起商场的顾客盈门，人来人往，我开书店却又是为何？且不说无法跟商场相比，就是书城也不能相比的。忽地忆起上次与一位书友的闲聊。

“开书店好，至少可以有书读的嘛。”他似乎十分羡慕地说。

“这可难说，书卖不出去，常常亏空，即便有书可读又如何。”我呵呵一笑，又不能打扰了他的兴趣，只好说，“开书店也有书店的难处嘛。”

“是啊，现在做什么没难处呢？有个理想在，还是很不错的。”他又微笑着说，看得出来他对书店很有热情。

“理想？我开书店也没啥子理想的。”我笑了。

“多少还是有些想法吧。”他说，“我看了一些书店，也打算开一家，却不知怎么做才好，畅销书能赚钱，但没品位；有品位的书店，赚钱却少了。”

“呵呵，把书店先做起来，再想办法如何发展比较好。”我说。这个道理确实再简单不过，当初我也像他那样想，但书店需要正常运转，只好如此了。

“另外，还可以搞一些活动，或提供其他服务，如此就把业务做大了一点，毕竟仅仅靠售书是相当困难的。”我又说道，“现在的书店，可不都是这样的吗？我也该把书店往这个方向努力一下了。”

在英国，每周就有一家书店关门。而在成都，也见识了不少书店的开门关门。有理想的几家书店，早把书店搬到网上去了，而我却在走实体店的老路，开书店有理想吗？我可不大清楚，只要爱书就成了吧。大不了，把书店当成一间茶馆，与书友聚会、聊天则可，谈什么高深的理想呢，既然我们生活在俗世当中。

愤　青

刚开书店那阵儿，总觉得无论如何，都应该开得不错。但实际操作起来却又相当困难。那天，去邻家书店，他们门前立着个广告牌，上书：某某名人讲座。其实那家伙不过是一哥们儿，经常在一起混，不晓得怎么就成了名人，我去的时候，门口有一群人扎堆，俨然粉丝模样。

这是一个好办法。回头我也学着请了个名人来，这位名人在网络上常常拍砖，动不动回帖都成百上千，点击率数万。据我所知，他在本地也有一大群粉丝，按道理讲，不管他讲的是不是够十分，都能把场子扯圆，至于能不能赚钱倒是其次，吆喝肯定是有的。

说做就做，活动定在周末，讲的主题是“后自由主义时代的民主”。整个一愤青的讲座。还好，那天来得人不少，青年男女以及“老右派”都出场了，场面很壮观，很活跃，大家喜笑颜开。

这位老兄大概很少见这么多粉丝捧场，讲话开始还很温和，随后就变得激动起来，两手挥舞，连话都讲得有些破碎。大家很配合地鼓掌、微笑。在活动的结尾，有同学问起一些问题，他都一一作答，当然少不了谈论民主之类的话题，但都是适可而止。

第二天，有参加活动的网友在网上发帖写博客，盛赞这样的活动，直说是先锋。看着这样热烈的反响，还真令我这没学问的人有些头脑发热，是不是可以搞成一个自由发言的平台？理论书上这么说，书店要在常规经营中，得突破点什么。

我们总不能老是这样的套路下去，这次这样，下次又怎么搞，而且很容易被别人学去，得另想办法。而且邻家的书店又接着针锋相对地搞类似的活动，比我们还愤青，如此打架一样的整法，多没劲啊。想想，这样整下来，多少也是无法玩下去——自寻死路嘛。

有网友认真地建议：你们的资源挺丰富的，嘉宾有本地的，有外地的，有名气的，有粉丝的，都能请过来，粉丝们一定喜欢这样无拘无束的交流。

可我清楚地知道，书店就是书店，看它的小样儿：不管有多大胆，都得走自己的路，不能跟别人一条道走下去，尽管那样可能跑得快一些。

无招胜有招

书店越做越觉得难做。说高雅吧，不赚钱也没什么意思，周围的店家有的实在是熬不起，就只好关门了事。就像饭馆一样，不能向客人提供最好的饭菜，早晚是要关门的。

不过，常常遇到关心的顾客，他们说："你们可以做个书吧。"于是，书店就辟了块地方，提供茶水或咖啡，地方虽小，但颇有景致，因而常常是满座。"嗨，这地方，闹中取静，有趣。"

一天，我在外面吃饭。一个喜欢收藏笔记本的朋友说："我觉得，书店卖笔记本也不错的。"我点点头，又犹豫了一下，现在还有多少人用笔记本是一个问题。她又说："小资们都喜欢各种各样的记事本、手账本的。"对，她就是小资之一嘛。于是，我找人淘各种有意思的本子来，结果，卖得还成，也就几个月，有了相对固定的顾客群。

这样一来，朋友们有什么意见，都会直白地说出来。

“哎呀，这个地方摆职场类的书，不好。”

“这儿可以放一把凳子，方便读者阅读。”

先不管对不对，听着总有几分道理吧。

周围的店家看我们的书店又是开书吧，又卖笔记本的，大有杂货铺子的做法，不由得哈哈大笑：“这家店快关门了吧，至少支撑不起了。”“书店不好好卖书叫什么书店嘛。”

只有一家店老板说：“书店不能按老做法了，要适应新时代了。”

但令他们奇怪的是，书店来往的人越来越多，隔了许久也不见关门的迹象。他们就跑过来看：“真不可思议啊，居然那么多人来。”“书还是那些书嘛。”

他们问我因由，我说：“也没什么招，就是有朋友提议做这做那的，觉得还真有点意思，就增加点书店内容罢了。”

“哈哈，你是怕我们都学你的，抢了你的生意吧。”一位老板说。

“照你这样说，我确实很害怕，不过，每家店都有自己的风格，别人很难抢走你的生意。”这是大实话。不过在他们听来，却是有点刺耳吧。

他们觉得也没啥子稀奇的，不就是为客户着想嘛，谁都可以做到的。我把他们送走了，有一句话始终没有说出来：“嗯，这一招叫无招胜有招。这一招就是贴近大众的需求。”

不过，这话很难讲，毕竟每个书店生存下来都是有自己的招数，岂可统统照搬？

品位问题

刚开书店那阵儿，啥子都不晓得，总觉得跟自己爱好类似的人很多。于是，进的几类书都是自己喜欢的。一位读者戴着眼镜，很仔细地在书店看了一圈，忍不住问："老兄，这是你的书房？"

我很诧异地否认了："哪儿是啊，不过想把书店弄得专业一些吧。"

"呵呵，选书很有品位，不像路边常常看到的打折书店那个样。"他笑着说，"不过，我想卖得不是很好吧。"

"确实不大好。《吴宓文集》多有学术价值，想不到看的人却不多。"我不由得苦恼了起来。走进书店的读者稀少，对我来说是非常着急的事情，因为没有销售，房租什么的就是亏空。

"书店做起来不容易的哦。"他又说。

看他欲言又止，想必有不少话要说，我于是向他请教。

“把书店做得有品位，当然没有错。不过，不能一个劲地只想着做品位，如果书店不能生存下来，哪儿谈得上品位？”我仔细想了下，可不是，看看别的行业，不管生意做得大小，不都是先要保证生存的吗？

从那以后，我就照着他的建议和意见调整书店进书的品种，畅销书多进了些，还开了杂志专区。那些喜欢学术书的读者这下不干了，常常进来就问：“嗨，怎么啥子书都有的，书店是越来越没品位了。”在他们眼里，一个城市应该有有品位的书店，要不，就谈不上什么城市精神之类了。

确实，书店经营摇摆不定，原来的读者自然就流失了一些。我对他们说起书店改变的缘由。于是，他们说：“挣了钱，再做回来也没啥子大不了的，毕竟你要靠这个养家糊口的嘛。”

几年过去了，再也没见到当初的那位读者。偶尔不免怀想起他的话：做书店，品位并不是无关紧要的问题。

签名本

大型书店常常搞一些知名人物的签名售书会，不仅可以跟读者互动，更能吸引更多的读者。但小书店搞不起这样的活动，一是没那么多的钱请名人，二是读者受众群小，难以起到轰动效应，连媒体报道这样的活动都是有所侧重的嘛。

为这事我一直犯愁，没有活动，没有特色，开书店基本上是赔本的生意。后来，我就请教做市场的许岚老师。许岚老师是著名的打工诗人，一说这事，就滔滔不绝。说实话，对市场营销这一套，我还是很陌生的。

“不管做啥子行业，都要搞营销。”他语重心长地说，“你看那些很牛的企业，就是营销做得好。”

不可否认。我问：“你看这书店怎么做营销？”

他简单地问了下书店的资源，立刻一拍脑袋：“这营销说难可真难，要简单也很简单。比如你有那么多的作家朋友，虽然书是小众了些，但市场价值是有的，你就进一些他们的书，请他们签名，对，就卖签名本。”

我不由得眼前一亮：“就是啊，我怎么没想到这一招，不管是冉云飞，还是古清生，都可以这么做的。其他的朋友也可以这样做的嘛。”

“每隔一段时间就推出一种签名本。”我说。许岚笑了笑：“另外，你也可以通过网络销售，对作家来说，这也是一种宣传。”

说做就做，我先去书市买一批书进来，然后请最近的几个作家签了名。他们说：“好，想不到你还有这一招。”为此，我在书店专门辟了一个书架放签名本，供有兴趣的读者自己查找。另外，我还让店员在店门口的醒目位置张贴海报，一下就吸引了很多读者的目光。

但这样做，别的书店也可以模仿。我又想了另外一招，只要读者需要，书店还可以帮忙请他喜欢的作者签名。这一下不得了了。各种各样的签名要求，我不敢怠慢，即使一时联系不上的，也要想方设法满足读者的要求，毕竟读者就是上帝嘛！

有一天，许岚来逛书店，看了一圈后说：“没想到你这签名本服务做得这么好，简直出乎我的意料。”我笑了笑：“服务行业嘛，为顾客着想，他们还不晓得好？”

签名本，好就好在不仅满足了读者的愿望，也让书店结识了更多的作家和名人。

漂流日志

有一阵子，流行图书漂流。一些书店参加了，朋友问我为什么不参加。我说，大家都做的，我们也要做，未必好到哪儿去。如果我们做得跟别人不一样，那就很容易做好了。朋友点头称是，随大流儿确是没多大的价值。

别人搞得很红火的时候，我们店也开了个会，我先讲了我的想法。店员小刘说，那我们也可以漂流起来其他东西嘛。

大家思路一下子打开了，漂流图书当然是好事，不过，还有啥子可漂流的呢？我实在想不出来。店员小张看没人说话，试探地说，现在网上流行写博客，我们是不是可以借鉴一下呢？

可不是，我们也可以搞个漂流博客什么的，后来大家发言就踊跃了，各种想法都有了。最后定下来做漂流日志。

说做就做，买回来一些笔记本，每个本子做一个主题，作者全部是长期的读者，不管是插图、漫画，还是文字都成。然后按事先制定的规则一一做来，有想法就去实践嘛。

漫画家邵小明把他的人物漫画画了上来，诗人王国平加上了诗句……还真别说，这漂流日志比图书的内容还丰富许多，而且是按照每个人的想法来做，虽然风格差异很大，但是很有趣的啊。

第一本《读书生活》花了将近两个月才完成。看着那么多的内容，真是有些异想天开的味道了。接下来的几本也是别有味道的，有讲生活的，有讲文化的，那可真是千姿百态，所谓创作都是这样来的吧。

店员小刘说，这个活动我们可以长期搞下去，隔一段时间推出一本，做得好玩就成，也可以当作实验品来展示，不卖。我说，好，这就是我们店的一个标志。

“太好玩了。”你别说，活动一搞起来，很多人都参与了进来，每个人都有一种创造的欲望，于是，大家就把自己的聪明才智都发挥了出来，看着那么丰富的作品，真是太有才了。一个作者干脆写上了一句：“嘿，有了漂流日志，还真对得起咱这张脸！”

将错就错

书店也曾遇到尴尬事。

某一天，一位时髦的女生找上门来，二话不说，非要退书不可。她拿的一册书是《徐志摩诗选》，大概是看了《人间四月天》才买的吧。我吓了一跳，还以为是多大的事情，拿过书，翻了翻，书的封面有些脏，而且看内文的版式似是盗版书。

“你挺喜欢徐志摩的诗嘛，现在年轻人看诗的少了。”我不由得说，又一想，若不是电视剧，怕是徐志摩也成老古董了。

“这书我不要了，你们退钱。”她没理我的茬，直接说。

我看了书后的印章，确实是我们书店的。我说，这书的封面你买的时候就是这么脏吗？她立即说：“不是，这是盗版书，没想到你们这么大的书店也买盗版书。”

“姑娘,你话可不能乱说。”站在旁边的店员小刘立刻说道,“我们可不卖盗版书。”

我冲小刘挥了下手，小刘走开了。我对女生说：“你看，书成这样子了，如果你买的书没这么脏，我们还好说一些……”

“那就是你们不退书了？”她没等我说完，就马上跟了一句，看来是个急性子。

“我不是这个意思。你先别急，退书当然是可以的。如果你有兴趣的话，可以担任我们的监督员，经常过来看看，有什么盗版书之类的。以后，我们定期给你送书，你看咋样？”我笑了笑说。

女生一下子就愣住了。她想了想说，这还挺划得来的，我最烦盗版书了。我笑着想听她进一步解释，却没有了。

这事就这么定了下来，女生很高兴地离开了。随后我把几个店员都招来，让他们售书时注意一下，凡是盗版的书，或者封面或者内文有错的书都不得卖出去，然后又对进货渠道进行了梳理。

从那以后，这个女生时常到我们店来看看书，每一两个月我送几册书给她。你可别说，她对书的意见挺多的，一段时间下来，她还真找出来好几种看上去像盗版的书，店里马上和发货方联系，确认是不是盗版书。如此一来，也杜绝了盗版书的出现，算是因祸得福吧。

诗传单

自从书店开始了漂流日志的活动，小刘觉得这活动还可以延展开来，有几次开会她都提起了，可我总觉得没有好的点子，万一推出了，被别人模仿了过去，显然就失去了意义。

事情出现转机是在汶川地震以后，《诗刊》推出了诗传单，在灾民安置点发放，这是不是可以结合起来做呢？我专门看了几家书店，似乎也没有搞这样活动的意思。而且此时也有朋友提议做这个，那我们就着手做诗传单。

围绕诗传单，我们几个人还专门讨论了几次，是像网上论坛那样做，还是像诗歌刊物那样排？规矩太多，可能就把诗歌限制住了，干脆不要什么规格，就是在一个平台上展出，每首诗都有自己的花样，看上去很有趣，就够了。

于是，我邀请了几个本土的诗人，不承想，他们都很感兴趣，每人都手写了好几首新诗过来，张贴在书店里的醒目位置。其中，来自都江堰的诗人王国平的《内心深处的震动》刚贴出来没几天，一下子吸引了很多人留言："真令人震动！""原来灾区有如此伟大的爱！"呵呵，想不到过了几天，这首诗还获得了"爱在人间"诗歌二等奖。

原来打算做成诗歌墙，可现在不少地方都在做这个，我们店小跟别人竞争，显然是没这个实力的。说实话，书店做到这份上，我都担心是不是把书店做杂了。要知道不好好卖书，这么东搞西搞的，别人还当我们是个民间组织呢。

书店现在难做嘛，我给自己解释说，要不想办法，书店早晚会做死的。我不想让它像早先的卡夫卡书店那样，做个几年就关门了事。

诗传单活动开始很平淡，但很快就引起圈内人的关注了。几个哥们说："诗人能把诗歌发到网上去，当然也可以贴出来，你这就是一个平台。"

小刘对这个创意也很上心，时不时向读者推荐诗传单，并且把诗歌作者的照片贴上去，这样一来就更有点意思了。很多人看了都会说，真想不到，还有那么多的诗人啊。不管这是不是偏见，能让更多的人通过诗传单了解诗歌，也算好事一桩了。

代言人

现在什么行业都流行代言人了。不看不知道，一看吓一跳。书店，听说上海有家学术书店都在找复旦大学中文系教授傅杰代言了。对我们店而言，这可能是一趟浑水，弄不好别说代言，书店多年的成绩都掀翻了。

我们店是不是也来一个代言人？有天开会的时候，我这么问了一句，大家都很有兴趣，七嘴八舌地讨论起来，几乎一致达成共识，书店有代言人，就相当于一次形象推广嘛。但这个代言人的选择却难住了大家。

哪个来代言书店？在我看来是个大问题，不能请一个超女快男来，他们固然能引起轰动，但费用我们是给不起的，学术界的大腕如易中天、于丹也是如此。本土的名人，向外地推广的话，又可能受地域文化的影响，难以走向全国。

那就找一个普通人，像每年读书节的读书家那样的也好。同事推荐说。我摇了摇头，他们读书没有啥子成果的。很快，我就想到了“我要读书”那个公益活动，也许我们的代言人也可以做成这种形式。

大伙继续讨论，但讨论了半天也没个结果。看来这事得从长计议，为这事我特意咨询了几个读书的朋友。他们一听这消息，都说，很有意义，书香社会嘛。我又说了我的困惑。他们说，干吗找名人代言呢，把你们的读者梳理一下，看看哪个买书多，哪个就是代言人嘛。

呵，也是。我们有一大群固定的会员，还有新读者不断加入，不愁找不到一个代言人。于是，我们就在店内张贴公告，寻找书店代言人。

嗨，你可别说，这活动一搞，读者的积极性可高了，一下子就推荐了 10 多位的读者代言人。他们所从事的行业不同，唯一相同之处就是爱好阅读。最后，我们通过层层选拔，搞了一系列的活动，书店一下子热闹起来。代言人也随之脱颖而出——一位爱思考的大学生。

我们店刚有了自己的代言人，不久，本城的其他书店也都在寻找代言人。看来，书店的代言人也要流行了。

黄金位置惹的祸

书店现在差不多成了图书销量的晴雨表。这不，上午一家出版公司的老大说，老兄，我们的新书一定要摆在醒目的位置。我说，书好，你放在仓库里也能卖完，前几年就是这样的嘛。他说，你不晓得，大家看不到书，再好的书也卖不出去。

下午，又有另外一家公司的老大说，你们的书店蛮不错的，唯一的缺点就是把我们的书放在不太醒目的地方。我解释了几句，他说，我就靠这个还房贷了，你总不能让我断供吧。我立刻说，得，你改天睡马路是不是还要让我负全责呢？他嘿嘿一笑，这个要看你们店的销量。

当然，作为一家地方书店，无论如何也不能让一个公司突然发达起来。为了保险起见，我还是把他们的书放在了一个比较醒目的位置上。

因为我喜欢写点文字，认识不少做书的家伙。但你一说你是开书店的，他们一准说久仰久仰，新书还没正式上市呢，先快递一册“请您拜读”。这一下就弄得很不好意思了，更何况书店到货了，他们还会三番五次地问你，书卖得咋样？一副很关切的样子。我也不好说什么，就说还成。

但书店的醒目位置，就那么巴掌大的地方，大伙都觉得是黄金位置，无论如何你都要把新书在那摆几天。可好书太多了，摆不过来，简直令我烦恼不已，该摆谁的不该摆谁的书，都是一个问题，毕竟一说起来大家都是哥们。

有时，没把对方的书摆到合适的位置，他们一问起，我说一个地方，他们觉得不合适，但还是大度地说，没事没事。但心底也许不知道有多记恨：嘿嘿，看来是上次没跟你娃喝酒喝好，下次一定让你服气才成。

一不小心，我就欠下了许多酒债。常常是见到这些家伙，头都大了，他们的道理是一套一套的，直接让你把酒一杯杯干了，还一边不停地说，甭客气，今天一定吃好喝好。

这一下，我简直无语应对了，只好喝酒不止，好在最后还是找到了回酒店的路。都是黄金位置惹的祸，让我怎么说，都觉得似乎是一种无上的幸福。

偷 书

那天，在书店快关门的时候，小刘带着一个十多岁的女孩走进办公室。女孩很不情愿地走进来。小刘说，就是她，带走我们的好几本书了。然后把几本文学书放在办公桌上。我看了看，那几本书并没有什么特别的，就是一般的文学书。

我问女孩的一些状况，她支吾了半天，我也没听个明白。我又问，你是哪个学校的？女孩一下子紧张了起来，连忙说，这跟我们学校没关系。

大概是怕影响不好吧，我就没再追问这个问题。接着随口问她："你喜欢这些书？""我一直想读，但家里没多余的钱给我买书。"等了好一阵，她才低声说道。这大概才是她拿书的理由吧。

我又问了她一些情况，她见我并没有恶意，也就放松了警惕。我这才了解到，她的父母下岗了，家里靠低保生活，日子一直很拮据，甚至连她读书都要申请奖学金。小刘在旁边说："别听她瞎说，这样的人我见得多了，你以为你年纪小就可以随便拿书啊，你晓得不，这是犯法的事。"

女孩又把头低下了。我对小刘说，你下班先走吧。小刘边走边说，下次再让我逮着，就不是这么简单了。

我认真地对女孩说："别听她说，你把这些书拿回去吧。以后想读什么书，跟我说一声就是了。"

她疑惑地看了看我，没有说话。我说，这事就到此为止吧。

她拿着书慢慢地向外走，走到店门口，还回头看了看我。我冲她挥了挥手。

以前我也拿过书店的书，一直没机会归还，至今仍觉得有些愧疚。从女孩的身上，我看到了自己昨天的影子，也许青少年时期都干过这类傻事。

女孩后来再也没来过书店。时间过去了好几年，我几乎都忘记了这件事。

有一天，一位姑娘找到办公室，对我说："那次真的太感谢你了，我现在出了书，放在你们书店里卖，算是回报以前的不是了。"

我蓦然记起了她，呵呵一笑，说："我知道你早晚会有这一天的。"

如果我当初阻止她的话，也许今天就失掉了一位作家。

算你狠

自从书店开始办会员卡之后，简直就是麻烦不断。会员卡在书店可以打八折，对小本经营的书店来说已经是很大的折扣了，但还是常常有人买书时说，再打点折嘛，人家批发市场还七折呢。岂知我们做书店的终端，利润很薄的。

为这事，小刘没少跟读者解释。可读者不听，好像折扣少了，或者不打折就欠他多大的人情似的。这不，我刚走进办公室，就有一位美女拿着一本《苏菲的世界》走进来说，哎呀，老板，你们的书价格可真高得吓死人，还不怎么打折？

我听这话先是一愣，本来还想跟她解释什么的。她又跟着一句让人很不爽的话：旁边那家都比你们便宜。

那你怎么不去他们店里买书啊，我调侃似的说。好像我这书店你不买书，就不会有好日子过了。

人家没有这本书，你再打点折嘛。她一边说着，一边不断地抛媚眼。

我装作没看见，认真地说，我们只有会员才能打折，或者是大客户可以打折。你不属于这两种中的任何一个，打不了折的。

那我不买了。她把书丢下就走了。我看着她的背影，想想，打折也少不了几块钱，不买就不买吧。

没想到，第二天，美女似乎预约好了似的又按时来了。还是昨天的那些话，好像她下了很大的决心，这回不打折就不买那本书了。我虽然不想再听了,但还是耐心地听下去,她又说了一大堆，大意是这书她很需要，能不能再优惠一点。

我呢，还是昨天的话，依然一副爱买不买的样子。美女说，我都跑两趟了，你难道还忍心不打折吗？哪怕你给我一点点折扣，我的虚荣心也满足了。

说实话，我都想给她打折算了，但我还是随口说了句：嗨，要是你昨天买了，你这一来回把打折省下来的钱都用完了。我笑了笑又说，不是我不乐意打折，我总不能违反规定给你破例吧。

美女说，好，算你狠！说完，拿着那本书到收银台结账去了。

书痴

在我的朋友当中有不少人是书痴。阿滢兄迷张炜，文泉清兄迷黄裳，还有爱周作人、沈从文的。我呢，见到喜欢的书就买,好歹也算列为书痴之一吧。凡是书痴大都有想开书店的计划，所以我即便在办公室都有人来打听怎么开一家书店，哪怕是很小的店。

那天，又有一位美女来问这事。一看就是文学青年——不开书店就不晓得这水有多深的那种。我开门见山地问她想开成什么样的店。

很普通的那种，也不一定很专业，挣钱不挣钱都在其次，主要是找个玩的地方。她很认真地说。我说，你这想法错了，想玩去书吧都成，犯不着开店啊，再说了，你开店就有压力了，哪儿能想着玩的事。

你是不是怕我抢了你的生意啊，她半开玩笑地说。

呵呵，你这样说，我也没话说了。开书店不是卖杂货的铺子，做不起了亏钱还不是自己负担。你不要想着政府会救楼市、股市，一定会对书店有积极的帮助。我边说着，边看了看美女。她还是犹豫着自己的想法。

美女又问了些诸如选址什么的，我回答的也不怎么热心。这种人和事我遇到的可多了。特别是美女，都想找点好玩的事做，一想都是书店之类的，岂知书店大多是赔钱的呢。

又有一天，一个经常来买书的男子顺便找我聊聊天，没想到也是想开书店的事。他一张口就说，我观察你们很久了，你们的生意做得很好，我也想开家书店，但我对这个完全不懂行，怕是折腾不了几下就死了。

听他这样说，我就诚恳地劝他，不一定非开书店不可嘛，爱书买回去就是，压力不是很大，开书店的投入和收成一时也不是对等的。而且要持续投资，经济上没问题当然好，如果经济不怎么宽裕，怎么维持下去?

哎呀，我也是这样想的。男子笑了起来。

爱书不一定要开书店。我说，我这是误打误撞走到这一步，也不是那么幸福的。所谓家家有本难念的经。

当然，开书店对传播文化是好事，但考虑不清楚，就成了资源浪费。

小物件

周末，去朋友的书店小坐。一见面，他就抱怨现在书店生意难做。尽管他开的是宗教书店，又在教堂附近，相对来说，读者要固定得多。至少不像我们进一本，还不晓得是否卖得出去。

在书店边聊边逛，看见他店里到处挂着小物件，手机挂链、项链什么的，甚至还有台历。我笑着说，哎呀，你这咋像杂货铺子了，啥子东西都在卖？他笑了笑，有些无奈。

此时有个青年走了进来，他在书架前溜达了一回，翻了几本书，我盯着他看，搞不清楚他需要什么。朋友则问他要什么书，青年问可以在这里预订书吗？朋友说，当然可以。青年随后踱到那些小物件边上，看了下价格，问朋友是不是有优惠。朋友立刻说，如果你要得多，当然可以。

青年认真地挑选起来。不承想，他一下子挑了一两百块钱的东西。我在旁边看着，不由得想象，我们店是不是也可以进一些诸如此类的东西？

回到书店，我把几个店员找来商量这事。但同事们都说，我们不是杂货铺子，咋能啥子都卖呢？而且现在专业分工非常明确的时代，你一乱整，说不定把书店整垮了。小刘振振有词地说。

这事就没再继续讨论下去。

我转而去问常买书的人，你到书店除了买书，还想买点啥子。他们的回答五花八门，诸如咖啡啊、小本子啊什么的，说啥的都有，还有一个家伙甚至说，你也可以卖一些新鲜东西，但一定都要跟书有关。

看来这事多半靠谱，我又找店员们商量这事，因为有了数据，他们说，那就试试看，先弄些小物件来，如果不行，撤货就是了，损失也不大。

不承想，小物件一上架，各种小东西品种多样，但大多是一般店都不卖的，一下子就引人注目起来。有的人甚至专门跑来不是为了买书，而仅仅是冲着那些小物件来的。如此一来，弄得我多少有些哭笑不得，要知道，我的本意可不是这样的啊。

但看到书店的每日营业额都是稳中有升，多多少少也就少了一份忧虑。

推荐书

开书店似乎是蛮潇洒的事情，所以很多人见我天天在书店里闲来荡去，没事一样，正好可以拿大把的时间来读书。于是乎，有事没事朋友都乐意过来，“麻烦推荐几本书看看”。

这事说来颇为轻巧，但实际操作起来不易。昨天，一位老乡过来，先是盛赞书店里的好书不少之后，就直截了当地对我说，我最近想看书，你给我推荐几本书吧。我不好拒绝，就问他看哪类的书。他来了一句，你喜欢的，我就能看下去的。

每个人的阅读习惯都是有差异的，我读得好未必适合你读的嘛。我呵呵一笑。他皱了下眉头，说，只要有趣、好看就成。

这个概念也很大的。我多少知道一点他的读书习惯，先给他推荐了周泽雄的《文人三才》。他说，写得太深了。我一想，良友丛书也很不错。结果他翻了下说，我对历史没多大兴趣。然后他又问有没有胡兰成的书。“好，我喜欢看他的文章。”我马上给他翻出《今生今世》来，他说这书我有了。我一下子不晓得该说什么才好了。

要不，你先忙，我看看有啥子合适的书没有。他见我一下子说不出适合胃口的书，连忙说道。那也好。

把他打发掉，我以为可以清静一会儿了。可不到半个小时，他又转回来，问我，你们这边的诗集不多啊。

你想看谁的诗集？我反问他。因为跟诗人来往比较多，在诗集方面我还是较自信比其他书店多一些。他说了柏桦、翟永明几个名字，我带他去诗集专柜那边看，结果没有他们的诗集了。他拿起一本翻了翻，说，这作者名字都不熟悉。我告诉他，他们在圈内都是大名鼎鼎的呢。

他又翻了几本诗集，还有的是民刊。我们就站在书架前顺便聊起了诗歌。他说了半天，一本诗集都没有选，最后说，我还有事，先走了。我客气地说，有空再来。嗨，这是什么事儿啊。

看来，我这推荐书的可真是有些不称职，推荐了半天，结果没有一本让他感兴趣的——白费了口舌。

读书小报

有段时间，在网上看到一些民间读书报刊很多，比如《书友》《开卷》《清泉部落》《泰山书院》都办得很好，连当地的一家旧书店也办起了一份《毛边书讯》，这样做，当然有利于书店的品牌宣传。

我把这个事跟几个爱书的朋友商量，大家一听还都很支持。“没个平台，我们写跟书有关的文章都找不到地方发，你办，不给稿费都可以。”我说：“我想着这办报，得坚持做下去，要是做一期两期就停了，也就没什么意思了。”他们也赞同我的做法。于是，我就和几家民刊联系，学习办报经验。

这事准备了一段时间，我还是拿不定主意，主要是怕书店的财力不济，也办不成有影响力的小报。我跟几个书店老板沟通了一下，他们都说需要支持的尽管说。但我晓得每个书店的状况都不一样，要联合在一起做事，也不容易。这样又折腾了一阵子。我把事情交给小刘办，我想着多培养一个办报的人，也有利于书店发展的嘛。

办报说起来容易，做起来难。那天，我特意把几个书店老板邀在一起，商量办报的事情，我先说一个书店做，压力大，是不是可以几个书店联合起来一起做，办个一两年应该是没有问题的。接下来，大伙发言都很积极，有提建议的，有谈感慨的，大家都说这是好事："书香社会嘛，就是书店所倡导的事情，我们应该这么做。"

于是，我趁热打铁说了自己的想法，报名什么的也提出来热烈讨论。大家七嘴八舌地又是一通建议。

没过几天，我们几个人又聚在一起讨论。大家依然很有热情，但最后一说经费的事，都为难了。我说："这不是我们一家店的事。如果做得好了，大家脸上都有光，再说，办报是为了大家都有一个平台，互相支持嘛。"

可这事还是被慢慢拖了下来，我再问他们时，只有一两个热心的了。我们又坐在一起商量，也没讨论出来一个子丑寅卯。看来，这办报的事多半办不成了。

果不其然，最后两个也打起了退堂鼓。我辗转听一个老板说："听他瞎扯可以，办报办好了，名利他都得了，我们出钱也未必落个什么好，他以为我们都是傻子吧。"

我简直有些哭笑不得了。

读书会

有段时间很忙，忙着参加各种读书会，茶楼、酒吧、餐厅、水吧都在做各种各样的读书分享会。至于书店做的读书会，都是常规思路。对我来说，说挑战也算不上多大的挑战，只要有合适的人，就能做得风生水起，但不会像大书店那样大规模，大阵仗。因此，不妨将此称之为小型读书会。人不一定太多，五六个，十多个，都成。人太多了，也可能把读书会搞得不伦不类，看上去很热闹，实则会有点浮夸吧。

开会讨论读书会这事时，店员们还是担心，我就让大伙先模拟做个试验，也就三五个人，话题可以主打，可以分散，就时下的书展开谈论，大家聊得很嗨。所谓读书会，不正是这样的分享吗？名人分享是一例，没有名人，咱们也可以自己交流嘛。

有这样的想法是因为看多了各种签售会，形形色色的人来人往，签售嘛，重要的是把书卖出去，但读书会就不太一样了，可能仅仅是分享。我第一次打出读书会的时候，就有读者反映，“太小众了，不好玩”。这话当然没错，我就是做小众嘛。可我却告诉他：“我们的目标读者很明确，就是一群朋友分享阅读，不是属于这个类型的，当然会被拒之门外。”

这话说出来，也许不太好听，但理直。这就好像时下很多人说出版难做，纷纷出招儿。我的朋友张业宏做的书就极小众，书的印量都不大，但做得漂亮，拿在手里舒服。我想，读书会办成这样，也不差，未必要搞得那么华丽又夸张，结果可能做了那么几回，就没几个人有兴趣参加了。

读书会的模式虽然可以千千万万，但归根结底总有一点应该是打动读者内心的，这就需要了解读者的内心需求。为什么那么多的读书会做着做着就死掉了，原因在于没有好的方式能长期持续下去。我当然愿意长期做下去。可也不知道能做多久，阅读是动态的，兴趣也是变化的，坚持做下去一定会很难。

不过，对小书店来说，也有好处，那就是读者群基本是固定的，就那么几百上千个人，谁爱好读什么类型的书，都基本一清二楚，这就好办得多了。

现在，读书会每个月做一期，每期都有不同的花样，给人带来惊喜才是最重要的，这就好像阅读本身就是一种探险一样，如果缺乏了兴趣，可能就坏菜了。我想，读书会要是能长期做下去，说不定也是一个品牌了。

当书店爱上出版

前段时间去昆明，逛麦田书店。这家书店在书店江湖上名声大震，当然跟其老板马力是音乐人有关。话说这家成立于2001年的书店，曾独立出版凯鲁亚克翻译本《大瑟尔》、于坚诗歌《便条集》等读物，曾策划多种文化相关活动。和其他书店不一样的是：在麦田书店里，有的只是纯文艺类书籍。对于真正爱书的读者来说，这里无疑是“新大陆”。把书店做到这份上，也是一种极致了。

不过，现在说书店爱上出版，也是实在事儿，比如单向街的系列图书，做得朴素又有人文关怀。像蜜蜂书店，还正儿八经地做起了出版，曾在两年间出版新书多达两百余种。但对更多的书店来说，则有点像玩票的性质，比如西安的万邦图书城，专门做老西安的丛书，那些回忆录不知勾起了多少人的记忆。是啊，对城市来说，没有比记忆更靠谱的事情了。

要说书店爱上出版，早在民国年间，就有着优良传统，许多文化名人都参与其中，比如著名的开明书店，既是书店又做出版。那时的杂志停刊了，换个名字，原班人马照样继续出版，书店也大多跟出版挂钩。到了1949年以后，书店就是书店，出版就是出版，虽然两者从事的工作是有延续性的。今天的书店参与做出版，是不是一种回归呢？

其实，书店做出版也是无奈之举。书的定价和折扣在日趋上涨的今天，书店拿到的书价格越高，利润就越低。同样，自己做出版，去除了各项开支，余留下来的就是利润了，这一笔账大家算得很清楚。不过，要说是书店人向钱看，倒不如说这样的书店主人多少还是有点文化理想，愿意为图书行业做更多的实事罢了。

但对我这样的小书店主来说，只有向往的心，没那个精力做出版不说，即便是有，在这个物价飞涨的时代，养家糊口都成问题，哪儿还有闲钱去折腾出版呢。尽管如此，我想，只要有机会，还是愿意参与其间的，到底看到一本书经由自己的手印出来，且不说内容的好坏，拿在手上也会有几分满足感吧。

去书店寻找爱情

写下这个标题，也许你会错误地以为今天的书店都成了婚恋的场所，其实不是那么回事。但我知道的是，在一家小书店，如果相遇一位正在阅读或经常进入书店的女子，那会给人怎样的印象？应该是跟淑女啦文艺青年啦之类的画等号吧。之所以会说这个话题，是因为我的朋友小黑经常逛书店，也不是每次去都买书或阅读，只是在那个安静的场所里，能思考更多的问题。

去的次数多了，自然对经常逛书店的人也有一个大致了解——都是哪些人经常进出书店。小黑发现，去的女生不少，独自的、成群结伴的，都有。某一天，他遇到了小白，说遇到，不只是在店里遇到，在微博上也有交集。这故事好像本身就是一段传奇，网上线下，如此的相遇，造就了一段情感。其中有怎样的复杂程度，外人多半只有想象的份。

不过，既然相遇，结果只有两种可能：一种是成为朋友，一种是偶遇后成陌路。他们属于前一种。在交往中，两人都发现了对方的优点(在恋人的眼中,优点时常被放大 N 倍)。在半年之后，他们走入了婚姻的殿堂。这事看似玄乎，却提醒我们，在城市里，我们可能孤独地守望着，却因为没有相应的渠道相遇，作为孤独的星球，有一种可能是在书店中邂逅。

据说，有的书店还搞起了婚恋的专场讲座，讲情感中的困惑，爱得多一点少一点,爱得繁复杂乱,以及这样或那样的焦虑。于是，许多人企图通过读书解决问题。这也是逛书店的女性增多的原因之一吧。然而，对一个男子来说，这等事就像生活中的奇遇一样，也是会随时发生的。

关于在书店相遇美女的故事，几乎在各种文学版本中都能见到，并非是文学对这样的故事热衷，而是这种充满浪漫色彩的故事提供给我们的是对生活的想象。在电影中，大嘴罗伯茨和优雅男生休·格兰特的《诺丁山》和《电子情书》,以及陈可辛版的《情书》，都多多少少跟书店相关。

所以，在逛书店的时候，不妨悄悄打量一下身边的人，或许在不经意间就会遇到你的另一半。这一种可能，让书店变得更为传奇，更富有生活的浪漫。

DIY做书

有好几天，我着急上火，甚至会失眠，当然是因为书店看似红火的背后，潜藏着种种危机（是不是小说看多了）。我知道，对我们这样的小书店来说，书的品种不算太多，而这就意味着读者来一次两次没找到自己想买的书，可能从此就不会再来光顾了（谁也不想老去一个找不到感觉的地方）。那该怎么办？想了一些招儿，又不太好执行下去，只好空想一番。

在办公室里坐着，实在没有更好的办法，我就去翻杂志，看来看去，没什么心情，就那么随意地翻着，直至翻到了广告页，有家出版公司在做书稿的征集，家谱、回忆录什么的都能出。我忽然灵机一动，书店是不是也可以开展这样的业务？咱做的书，并非是要在市场上流通，而是在于珍藏，寻找它的价值所在。我想到这个，觉得可行。

这事说来简单，做起来却不易，好在做设计这一块，我还懂那么一点儿，就按照自己的想法，制作出了第一本书，个人的文集，封面小清新，又有点独特的味道，然后在书店里展示。自从“书”摆在那里，我一直担心没人翻看。好在还有人关注。

某天，一位女生问道：“这本书怎么卖？挺好的。”我赶紧告诉她：“这本书不卖。”“不卖放在这里干吗？真奇怪。”“是我们自己做的书，展示品。”我就告诉她，我们现在又多了一项服务，就是自己制作图书。她一听这想法挺好，就问：“我能不能做一本？”我说：“当然可以。”

接下来的两天，她频繁来书店，想着做书的事，讨论内容，规划方案，过了一周，真的按照她的意思把书做了出来，她拿到书说：“真想不到，我也能出自己写的书。”

这事就这么开了头，接着就有各类的书在书店应运而出，不管是恋爱文集，还是手稿画册，在书店都能变成书。我想，这个业务虽然不是很主流，但可以让更多的人多一种方式去记录，也好。

这事不仅好玩，还有趣，让我也想着是不是也把我们书店每一年的发生故事记录下来，好故事坏故事，都无所谓，作为书店的历史见证。书做出来就送给读者好了，所谓书店，不正是跟不同的人分享阅读中的喜怒哀乐吗？

图书分类法

一本书在不同的书店也许会被分到不同的类别中去。比如小说《乌克兰拖拉机简史》可能被分类到“机械工业类”，而饮食书《舌尖风流》可能被分类到“文学小说”，诸如此类的趣闻真不知道是好笑，还是无奈。

前几天，去逛今日阅读书店，看见书架上的书分门别类，比如“历史、历史小说，其实这两类书很难分清楚”，“这里我也不知道有什么书，你自己去找吧”，“张爱玲、余华、三毛、韩寒……他们都在这里”，这种趣味分类法据说是一个叫大象的家伙做的，因此被称为“大象分类法”。

这样的分类很显然比书城的那种文学、社科、财经之类的分类法要好玩得多，但在我看来，虽然有所创新，还不够有趣，毕竟现在出的书是越来越小众，干脆在分类上再细分一下，比如旅行、植物、电影、音乐、艺术……不管怎么样，都可以给一本书一个精准的定位。不过，对一般书店的店员可能要求高了点："唔，我是卖书的，不是来给读书分类的。"有此想法，确实有点糟糕。

前几年，在成都有个书店店员叫冯吉先，她是为了阅读才进的书店，你去买书，只要你说出某本书的书名或种类，她都可以快速地介绍情况。有次，我去逛书店，刚好她有空，边看书架的陈列边闲聊。记得清楚的是，书架上的书虽然分类看上去有点乱，却互相关联，书与书的相关性在这里得以尽情地展示，让读者找书时可以有一网打尽之感。

话又说回来，小书店的图书分类未必要多精准，倒不如见缝插针，刚好有适合的位置，那本书就出现在那里，这其中有什么道理可言，在我看来就是方便嘛。不过，在我可能更是好玩，但对店员可能就辛苦了一点，每隔一段时间，我就把书按照不同的标准重新分类。这样，对逛书店的人来说可能有不同的感受。这种小伎俩或许会让读者觉得更好玩："哎呀，真想不到，书还可以这样分类！"

对于书，我们不是都有这样的感觉吗？只要是觉得好玩，就忍不住下手。一本书在书店里，其实除了它本身具有卖相之外，还需要书店靠不同的分类给它增添光彩。

刘易斯·布兹比曾说："网络书店造成了读者与书籍之间的疏离，它排除了传统书店一直传播的那些愉悦。"那么，书店看似临时兴起的分类，也许更多的是传播那些不为人知的愉悦感，在这一点上，或许书店所提供的正是一种心灵的修行。

三重奏传奇

认识光哥实属偶然。有一次，钟芳玲来成都访问，我顺便带她逛书店，当看到三重奏音乐书吧时，她有点惊艳："在闹市当中居然还有一个安静的读书所在。"那一天，光哥说："只要实体书店存在一天，我就不去网上买书。"他这样说，算不上豪言壮语，却足以让书店人心存光亮。

光哥之前是三重奏的创始人之一。最初，三个男人因为音乐、因为书走到了一起，创设了书吧，几经风雨几经波折，好在三个男人一台戏，一路走来。后来有出国的，书吧就转给了那时候时常光顾书吧的周丹。周丹经营书吧也不是那么一帆风顺，总有故事发生。

在最艰难的时候，只有少数的读书人去光顾，但即便如此，她还是一路坚持了下来，在书吧最困难的时候，她收获了爱情。

光哥说：“有一个雨夜，我去书吧。当时只有一两位读者，他为她朗诵诗歌，在那个时候，真是让人感到温暖。”有一位读者在逛了三重奏之后说，一个母亲带着婴儿开书吧，竟然把这一切做成一部奇美的人间童话。

这童话也是有来历的。光哥做律师，爱旅行，爱音乐，许多好玩的地方都去过了，但他最留恋的还是在书香中沉迷，在书中寻找宁馨，他说这是一种回归。有天，我们约着一起去喝酒，但结果聊的还是书。“阅读，有微醺的醉意。”这种情怀让人有点贪恋，又有一点感怀。

做书店跟做书吧差别虽不是很大，却也有着些许故事值得分享。听光哥讲过去的事，就好像走进了之前的书吧。有一年冬天，我跟朋友在三重奏书吧外面吃零零串串，酒喝到冷，菜还在，恍然之间看见那书吧的灯光还在，倘若那时走进去，是否会与光哥相遇，是否会听一听故事，似乎都是不可回想的旧事了。

虽然平时去三重奏的次数不多，但三重奏在书江湖上却传闻已久，某次路过昆明，跟几个新朋友喝酒，他们说，我们去成都，喜欢去三重奏。在成都的书店谱系上，也有说法：自卡夫卡书店、三一书店之后，三重奏就跟弘文书局支撑着成都人的读书领地。这话看似夸张，实在是这些年的书店开开关关，总有许多连情感都没建立起来的书店就关张了。

有那么一个晚上，能坐在三重奏音乐书吧里，听光哥讲故事，也许更能寻回些许情调，些许滋味，就像我们的偶遇以及由此演绎出的种种可能。这样的书故事不正是书店传奇之一种吗？

书店记事

奔向下一站

下午的时光，似乎总忙乱一些，好像下午才是买书看书的好时间。他走了进来，问她有没有苏青的书。她说，苏青？是苏岑的书吧。他说，不是。她说，那没有了。他说，那我就看看其他的书。她点点头。

她没太注意他。在书店里，像这样的人她几乎都每天遇到不少,有的人喜欢稀奇古怪的书,但她总是摇摇头。她是因为爱看书，才应聘到书店，可一旦在书店上班之后，似乎一下子没有心境读书了,更多的是跟不同的人打交道,说着这样那样的话,她很内秀，显然有点不大适应。

他再次回到吧台，选了一些书。她看了看，很杂乱，有历史有文学有生活，甚至还有公知的书。她说，你真爱读书。他笑笑，爱逛书店的人都爱读书吧。

她没说话，想起许多男男女女逛书店，不过是休息一下，即便买书，也大多是买一些潮流杂志，好像这样才显示出自己的不落伍。

她把零钞找给他。他就带着书坐到咖啡区，点了一杯卡布奇诺，边喝边看书。来书店里看书的人很少，有一对很文艺的青年习惯在书店里约会，还有一个青年来这里喝咖啡翻着这样那样的杂志，好像是借着这个机会才有时间浏览。更多的是在那里聊天，谈着各自的事情。

又有几个人走进来。她说，欢迎光临。人们好像对这个招呼熟视无睹，径直走进书店，甚至连头都没有点一下。然后，他们就散开在书架间，或看一下创意产品，时不时拿出手机“咔嚓”一下，他们就像书店观光客一样，看完了就奔向下一站。

吵架的人

依然是周三。天气热了点，书店里的人寥寥无几。也许是很多人难得出门，就连商场里的人也不是很多。她甚至听到了蝉鸣，不过，她以为那是幻觉。

街道上的行人不多。她坐在吧台上有点昏昏欲睡，如果能偷懒一下的话。他走进来，说，你好。她回应了一下。

他自顾自地走进书架，仔细地选书，她想向他推荐一下书，又觉得没必要，能增加书店的营收吗？对此，她不太确认。她昨天下班后，刷了下微博，看到消息说，又有书店倒闭了，很多人惋惜,总好像丢掉了精气神儿似的。她觉得矫情,就看其他的新闻。她不知道这间书店会开成啥样子，最终有什么样的结局。这都不是她所管控的范围。她想起刚来上班的时候，看到形形色色的书，就觉得一下子有饱了的感觉。

他说，怎么没有胡兰成的书呢？她说，有呀。于是走过去，从另一书架上，找出了胡兰成的《今生今世》。她记得那里面有一句话是“岁月静好，现世安稳”。

此时，有两个人吵了起来。一个男青年拿着一册《胡锡进论复杂中国》，旁边有个女青年看着很不爽，脑子没毛病吧，还看这书,多没水准呢。男青年说,这是我的偶像,多有世界观的人哦。女青年说，别傻了吧唧的，你看这书能找到女朋友吗？男青年说，读书是多么高雅的事，哪儿能跟找女朋友这样的俗事挂钩。再说，读书难道是为了找女朋友？于是，话就越扯越长。

她没有过去劝架。那本书放在书店里，封面脏兮兮的，一直没有人买。再过几天，就打算退货了，想不到还发生了这种事。女青年把这事发到微博上，引来无数评论。她想，读书的人也很另类啊。

食堂 / 书店

她拿起《以自己喜欢的方式过一生》，翻了翻，觉得自己做不到。她无端地感慨，因为她想起周围不少人对《小时代》的称赞。她不太喜欢《小时代》的风格，她觉得现在有些作家满脑子都物质化了，写一本书就想成畅销作家，就想着获诺贝尔奖。有时，也会有网络作家进来，问问什么样的书好卖。她说了一通，网络作家点点头说，我写的书肯定比这本好卖。她不置可否，只说了一句期待。

有好长一段时间没见着网络作家，想必是在写小说吧。她很少去看网络小说，她觉得读网络小说，读不出纸质书的感觉。有一回，朋友聚会，她这样表达自己的意见时，大家都笑她太老土了，网络小说很精彩呀，举了一个例子，几个人热烈地讨论，她没有读过，根本插不进话。她想起以前读书的场景，似乎总有着许多美好的记忆。

有没有关于书店的书？一位女青年走进来，透着小资的气息，她想，也许是想开书店吧。不是说现在的女青年喜欢开书店或咖啡馆吗？她知道，自己做不到这一步，还要生活呢。

她推荐给女青年一本《中国独立书店漫游指南》。她自己也买了一本，时不时看看，想着在书店能做一辈子，也真是幸福。可这种感觉时常转瞬即逝，现实在告诉她，有很多时候，理想总是遥远了一点。

女青年看了看书，又选了咖啡、茶之类的书，看上去是很讲究生活品质的那种。女青年说：多看看书，真好。现在读书的人可真是少多了。

她点点头。她在看一本《深夜食堂》。她想象着书店和深夜食堂之间的关系，这中间也有着许多相通的地方。她仔细观察着，把来书店的人都想象成喜好不同口味的食客。这让她觉得在书店工作也是蛮有趣味的，甚至，她开始把每天在书店里发生的趣事记录下来，这让她找到了更多的书店乐趣。

书店故事

乱八是出版社编辑，她逛书店的时候，喜欢看看书的装帧设计，也会买回一大堆书："我们得与时俱进，书才能好卖一点。"她有一回告诉乱八，我在记录书店的故事，以后说不准也能出本书呢。

很好呀，这样书店就出名了。乱八说。

她讲了几个故事给乱八听，乱八觉得很有意思，像这样的，再多积累一些，配上插图，准出彩儿。

乱八回头找了《尚书吧故事》和《坐店翻书》，还有一些跟书店故事有关的书给她，让她参考一下，她觉得这事好玩，总得让青春过得不一样，即便是在书店，也可以疯狂一回。

她把记录下来的书店故事贴了几个在QQ空间里，有不少人来看，好多人给她点赞，甚至有人回复说，赶紧写赶紧写，太精彩了。

书店的生活可以延伸开来，即便是小小的故事，也有味道。有一回，乱八说，每个来书店的人都有自己的故事，精彩不精彩，都没有什么要紧，关键是抓住故事的核。她不太懂得故事的核是什么。乱八就说，故事要好看，不能太通俗了。

时间一天天地过去，她记录书店故事的兴趣却有些淡了。也许是太多的人和事与现实纠结得太多，以至她的心境有点凌乱。她很少去听音乐会、看话剧，她觉得自己是很世俗的女子，哪里配享受那么高雅的艺术呢，在书店就痴想着是文化人了，这想法让她觉得好笑。可她知道，许多人生不就是这样，真真假假，到头来又会怎样？

书店故事记录怎么样了？她在出神的时候，乱八走过来问她。

好久没记了，她说。乱八又劝慰她一番，她觉得乱八说得有道理，可就是不知道这样的记录有什么意思。看来，这事得打住了。她想，太阳明天会照常升起。

荐书

有一位老先生到书店里来，清瘦，好像是刚从终南山走下来，后面跟着两位年轻人。他们对老先生毕恭毕敬。老先生说，现在出的书杂而乱，这家书店的品质绝对是一流的。他在左手边靠近墙的书架前停住，取出一本《剑桥中国文学史》，对着两位年轻人说，这本书的作者你们知道吧，她写的书很不错。她站在旁边感叹，现在的学者怕是难得有这样亲自给学生挑书的吧。

老先生继续说着，年轻人偶尔发一下言。老先生忽然问她，你觉得这本书怎么样？她一下子愣住了，本来想说我没有看过。不知怎么，她就想起了上海巴金故居副馆长周立民的一段微博来：说巴金也写剧本，但小说更有名……真惭愧，我才知道巴金还写剧本，接着《春》的出版时间错成 1939 年了。同页说路翎的小说是《饥饿的素娥》，说路本名徐四兴，我过去都写嗣兴的……真开眼，一页就让我长这么多见识，但此书中译我可真不敢买了。三联出译本不知找人校吗？她说，这本书好是好，也有点硬伤，就举了例子。

老先生呵呵一笑，你看，店员就这样懂书的好坏，可见不简单。年轻人说，以后我们有空多来逛书店。老先生点点头。他们在书店里继续逛，她想起有一本书叫《传薪有斯人》，刚好书店里有一本，就找了出来，给老先生看看。“您这样的做法，老先生，也是在传薪呀。”她说。

接过书，老先生笑了起来。李济、凌纯声、高去寻、夏鼐、张光直，他们都是考古人类学界的代表人物，我可算不上。我们只是来书店随便逛逛。

您谦虚了。她说。

她陪着一阵子就有事走开了。后来，她听同事小吉说，老先生说书店店员素质高，以后多带学生来。这也是出乎她的意料：这样的老先生多起来，书店肯定能更好一些。

“阅读 分享
书店的灯光依然明亮，好像在这个夜晚，给迷失的城市人带去一点希望，那一缕书香才是城市精神和生活的延续。
全怪谈
顾

卷三 书店症候群

书店虽不是我们生活的必需品，却是我们日常中的一种生活态度和方式。那么，开一家好书店，就得超越传统书店的模式，引进各种创意思想，或许能在未来拯救书店。

阅在心里，读在途中

书店病人

开书店并非仅仅是好玩。有时跟同行交流，说传奇也传奇，说有趣也有趣，最大的感受却不是其中曲曲折折的故事，也并非追求那种传奇或有趣。当初，只是有个简单的想法，就是开一间书店，至于能做成什么样子，还是一步步地做好了。好歹都像是一个伟大的梦想变成现实，这已够酷了。

仔细想想，大家的从业经验都是那么类似，都是小时候阴差阳错对书有了热爱，以至认为，开书店，既可以给好书找到识货的卖家，也能在开店的间歇尽情地去阅读各类读物，似乎这样一来，都名正言顺了。但在实际中，却并没有那么多的故事发生，不过是进书卖书，周而复始罢了。这样的日子久了，是不是实现了理想，还真是一个疑问。但不管怎样，总觉得书店里的灯光，在一个偏僻的小巷，或许会温暖夜归的行人吧。

这让人想起有时候街灯的照明并非简单的照明，而是让我们在孤独的城市里感到无所依归时能有一点亮光。但即便如此，能有多少人在乎这灯光?

每一个书店主都是“书店病人”，他们患上的是“因某些有病的器官相互关联变化而同时出现的一系列症状”，欲罢不能，即便是挣钱少一点，勉强养家糊口也在所不惜，与其说这是一种奉献，倒不如说是为了满足自己的“私欲”所致。在书店的空间里，似乎唯有书才能让生活得以救赎，这种精神颇像心理学家所说的“疗伤”，寻找自我。这个过程是怎样的崎岖，为一般人所不能道也。有时我想，既然我们“病”得不轻，就一辈子埋头书店好了，至于未来会怎样，又不是我们能预测能控制的，不过是凭着对书的热爱，一步步走下去而已，至于最终会有怎样的结局，并不太重要。

也许正是因为书店症候群，书店人对书店的爱才超越了文化的含义。虽然在日常生活中，书店人并未把此定义为书店哲学，实在是因为在书店生活中所经历的不再是智慧、知识，而更多是知识的搬运工，让更多的读者读到，能做到这一步已足够让我满足了。

在日本出版人见城彻看来，所谓出版者症候群，就是在探寻终点的路标，这个过程可能有迷失，有梦境般美好，有壮举，有殊死战……但不管怎样都要找到心灵的休憩。而书店症候群就是在黑暗中的跃进，这纵然如法国诗人兰波在《地狱一季》的《告别》中所说："秋天。我们的船在凝滞的雾中飞腾着，驶向苦难之港——泥、火弥天的大城。"

那么，不管怎样，既然要坚持开书店，就好好做下去好了。我时常以这样的鼓励告诫自己。我知道，虽然看上去对社会并没有做出多少努力，那就让自己多一点信心，迎接书店的挑战吧。

世道再难，也要开书店

为什么要开书店？拿这个问题问不同的书店主人，可能得到的答案千奇百怪。《书店》里，弗萝伦丝似乎是为了寻找一种叫“意义”的东西，才决定在一个名为哈堡的小镇上开家书店，但那个小镇不需要一家书店。不管怎么说，对于书店，我们称之为理想也好，梦想也罢，都是那么一回事——你不可能把书店开成公益项目，毕竟书店也要存活下去。因此，你得想方设法，手段、策略都是必需的。

在书店被越来越多的悲情笼罩时，依然有书店在开业；虽然网上书店的折扣还在降低，依然有实体书店存在。它们看似是一道风景，其实，不仅仅是一道风景，更多的是店主在践行自己的理想：固然世道再难，也要开书店。这是一种情怀，让人感叹又感动，是啊，世道再难，也要顺畅呼吸嘛，开书店也是这样的道理。

那天，我去访问一家书店，店面只有十几平方米，从书的陈列看，空间太小显得有点杂乱，客人不是很多。店主是个单身汉，有一种文化情结，开书店开了好些年，差不多要关门了。后来，有媒体报道他，书店的知名度才慢慢地扩大，虽然在今天看上去似乎状态不错，其实也存在着经营的艰难。闲散地闲聊，“书店当然还是以卖书为主。”发现店主虽然自诩懂书，却不懂得现在的书店已经跟过去不一样了。为了生存，他兼卖其他，包括一些创意产品。后来，我无意间看到他的库房里叠了不少京东、当当的纸箱，虽然说明不了什么，但至少靠网络书店他还存活着。

其实，不管我们的理想有多遥远，都要回归到现实，回归到日常生活——如果书店不是一桩生意（在不少店主看来，赢利固然重要，但还是刻意回避这一点），那么做书店是否就意味着比其他的生意更高级一些呢？

当然不是。书店因种种原因关门，也实属正常。但倘若书店的店主因此看不到书业的变化，还在固守书店的一隅，可能会加速关门的可能。有时听见店主抱怨书店难做，就忍不住生气，你想过好好做书店吗？想过书店需要更多的东西吗？更多的时候，不过是只注重眼前的一点利益罢了。

这样的急功近利可能加速了书业的转变。对一家书店的店主来说，开书店，并非仅仅是为了文化理想，更重要的是文化的体面工程可以支撑起脸面，至于做好做歹，却是另外一回事了。因此，看书店的未来，就是看店主是否有足够的视野，是否能通晓时代变局中书店该如何转身，这才是问题的要旨。

说白了，开书店这回事，高雅通俗都无所谓，关键是能把书店长期经营下去，让文化理想变为现实才是正道。

开店不指南

不少书店人或者不相关的人，都会说，你看，台湾诚品书店做得多好。我当然知道，很多人看书店，只见诚品，不见其他的好书店，可能是一叶障目不见泰山，真是一种偏见。很多城市都有值得一说的好书店，它们没有诚品的名气大，但所做的事情对一个城市来说是不可或缺的。尽管如此，我想在书店这一块，每一家书店都有自己的生存之道，不管是财经人士关注的商业模式，还是社会学家看到的功能构建，都有自己的存在道理，是不可复制的。

道理很简单，在商业区开书店和在社区开书店就大不相同，不仅是面对的读者流有着差异，连带着营销也有不同，如果不细分它们之间的差异，可能一家书店开在社区成功了，克隆到商业区就会导致失败。不仅如此，一家书店连锁原本是好事，有规模才能按照俗话说的“做大做强”，但如果每一家店都大同小异，没有针对读者做进一步细分，或者戏仿著名书店，到底也是免不了失败的。

我并不关心类似于开店指南的玩意儿，所谓开店规则只能是框架性的，并不适用每一家书店。所以，在看过的众多书店中，成功的书店之所以会成功，并不是偶然的，而是它抓住了自己的客户流，倘若换个地儿再做，是否成功，也很难说。众所周知，消费都有个习惯的问题。对读者来说，我干吗去你的店里逛，去你的书店里购书呢？是不是需要一个理由？

开书店并不是理所当然，因为市场需要才做的。或者说，书店之所以存在的道理是在于读者需要它存在，不管是精神寄托，还是人文象征，只要它在那儿，就有了一种文化安全感。这一层关系，对很多书店来说，可能不甚理解。更何况，现在读者选书，不是跟着书店的口味走（虽然有时难免），而是跟着读者的需求走。因此，找到市场差异，清晰定位才是硬道理。

我想象不出一家书店开在高档物业区，是因为居民消费能力强，有文化的需求，是不是“实际”的考虑更重要一些：如果没有读者的需求，书店就失去了存在的意义。不过，这话说来都极为简单，谁都明白，但就是在开店问题上固执己见，总以为自己认为的才是王道，岂不知图书这个市场已经细化到了小众的地步。

坦白地说，逛一家书店，看其风格，看其图书的动销，基本上就可以断定它的生存能力有多强。曾与一家书店老板交流，对于书店的看法，我们忽然明白以前开店就像网络上的 1.0 版，现在不仅是升级版，更是在构建自己的核心。所谓的核心就是书店所营造出的一种氛围，恰好跟时下读者心中的理想相契合吧。

到底该把书店开成什么样子，在我看来，台湾诚品书店固然成功，是一个样板，其不可复制性就决定了它的独一无二，这才是书店的命脉。大书店、小书店的区分，只是规模的大小，而独一无二却可以拯救书店的未来。

城市的乳沟

对书店的形容，可谓多矣。坐拥书城，城市人文的地标，城市正能量……嗨，书店跟其他商业相比，因为沾染文化，似乎就高级得多了，但书店的身段还是要放低些才好的。我们去看书店，并不是因为它在一个城市里是文化地标，也并非因为它的形象，而更多的是因为它提供的跟许多商店不一样的氛围和不一样的感受罢了。

也正因如此，逛书店看似高雅的事，跟逛商场多么的相似。对爱书人来说，与其迷恋奢侈品，不如在书香中沉迷。这种情结就好像我们在大街上不经意地看到美女飘然而过，倘若线条柔美，又有一头披肩秀发，是否有些许想象呢？虽然看上去粗俗了些，但到底是一道风景嘛。这让我想起一位老先生的论调，他说看美女不要超过三秒，至多十秒，再多就是钉着不放了。而看书店，却是反其道而行之的，泡得越久，越能发现它的味道。那细节，那陈列，又好像都有故事可以诉说……

令人眼前一亮的书店似乎越来越少了。有时，逛书店会有这样的观感，是因为逛的书店太多，还是因为书店都在追求一种细节上的张扬风格？这种疲惫不是审美疲劳，而是在书店中徜徉，找不到逛书店的激情了。这种尴尬既有视觉上的，也有心理上的，它们交汇在一起，构成了消费美学。不过，对书店来说，能做的不仅是提供服务，还需要在细节上下功夫。在这个讲究信息的时代，服务的细分也让书店找到新的机遇——毕竟书店所依存的是读者的喜爱。舍此，哪怕书店看上去很高档，却未必会受到读者欢迎。

书店，在城市中所占的地位固然重要，甚至可以上升到城市形象的高度，但在实际运作中，它所展现的那一种人文关怀，那一种细节之美，是其他商业无法替代的。英国 18 世纪文坛大师萨缪尔·约翰逊曾说过，如果你厌倦了伦敦，你就厌倦了生活。伦敦是一个既古老又现代、既雍容华贵又朝气蓬勃的世界大都市。之所以这样说，就是因为那里人文风景线格外引人注目，而照我看来，书店就像是城市的乳沟，有那么一点儿亮点，有那么一点儿风情，让瘾君子沉迷，让爱书人喜欢，由此产生种种的故事、创意和依恋，也是书店带给一座城市的魅力。

不过，在更多的时候，我们所赋予书店的意义，并不像我们对待文化的其他门类那般热衷。一家书店，每天从门前经过，可能不会进去闲坐、读书，当它消失了，会有一种伤感的情绪溢满于胸。是的，我们更多的时候不太珍惜当下，却怀念过去。对于从眼前飘过的乳沟，可能我们也会有这样的感慨。

爱上书店的理由

那天，跟朋友闲聊，说起对书店的情感，那可真是爱恨情仇，怎么说似乎都不过分。为什么要那么爱书店？这个问题说来简单，不过往高了说，可能有些矫情，比如说“书店本身就是我生命中的一部分，只要书店能存活一天，我就开一天”。但这不是开书店的宗旨，毕竟我们对书店的爱是源于对书的热爱，是想通过书跟城市建立一种关系吧。

但这样一种关系的建立是阅读，是文化，虽然在城市庞大的商业群中不显山不露水，在城市建设上也没多大的贡献，甚至连拉动 GDP 都不算。可就是因为我们对书店的爱，让我们在喧嚣的时代中找到了“灵魂的安放”。

“开书店，不要老想着挣钱，要想着多做阅读贡献。”一家书店不挣钱，如何长期经营下去，又如何能提供精神产品？这似乎还不是问题的关键，更为关键的是在书店这个行业里，我们的书店赖以生存的空间正是一个城市文化空间，在这个空间里融合的多元化，是城市向上生长的力量。可能在短时间里没有多大的功用，提供不了更多的思想甚至价值，但这正是我们热爱它的理由。

当许多读者去网上购书时，有人惊呼实体书店要死掉了。其实大可不必担心，因为我们知道，即便有一家家实体书店正在垮掉，但始终还是会有实体书店的存在，之所以能够存在，是因为书店引领的是一种风潮，甚至是时代，做不到这一点，实体书店自然会被大浪淘沙——关门是早晚的事情。不过，在面对耸人听闻的消息时，我想，这不正是书店的空间所在吗？网店价格再便宜，总不大可能给读者提供阅读的场地。能喝着咖啡看着书，一种单纯的纯粹的购物行为，也许只因其便利性而已。但对读者来说，阅读的现场获悉更为重要一些。

在这个时代，我们坚持去书店淘书，坚持开书店本身，就是对书的致敬，是对生活中的不满意给予解构。为什么我们这边在哀叹书店的沦落，而在法国却有书店勃兴，是阅读文化的差异，还是对阅读过程的追求导致了今天的局面？可能有点错综复杂，却时时提醒我们，我们爱书店，只是爱书店而已，并没有更多的创新手段让更多的人爱上书店，这是不是该检讨一下，我们对书店的爱可能变得畸形，只看到它的一面。

诚然，我们不能希求所有的人都能像我们这般地热爱书店，而是应该明白，在书店这个领域里，我们可以把爱放得更大，让更多的人在阅读中找见未来——至于那是什么样子，就看我们怎么去做了。

看得见的未来

真的是进入寒冬了吗

跟书店人座谈，总会有这样的感觉出现：书店似乎越做越困难了。特别是实体书店，面临着市场的选择，压力更大，与网上购书方便相比，在实体书店购书麻烦不少，别的不说，就是跑路和选书的时间来计算，似乎也是不划算的。

于是，只好网上购书了（爱书店的人士也有想着诸如此类的问题吧）。但这种网购缺少了淘书的乐趣，至少没有寻觅到一本心仪之书的快感。

在我的朋友中，开书店的不在少数。虽然书店生存看上去那么艰难，但大家还在坚持地做下去。他们谈起书店的经营也各有感慨，大致说来，店面小无法承载更多的书，而更大的问题是读者的流失。更何况，现在的读书人似乎少了些。

也难怪，一年不读书的人，大有人在的吧。比如上次跟几个所谓的精英人士聚会，他们说：哎呀，现在真是太忙了，一年也读不了一本书的。立时，就觉得这些精英人士有点面目可憎，似乎那种市侩气、世俗气都让人无法忍受。

对这样一些人来说，读书可是麻烦事（既需要时间，也需要心情，何况又要实现经济利益的丰收），与其读书还不如花在其他地方获得的收益多，读书不能当饭吃，也不能涨工资，更不能拉动人际关系……但我们仅仅是为了这些才去读书的吗？

在这样的状况下，读书人似乎是稀有的物种了。那么，对书店来说，不仅面临这样那样的费用问题，还要面临读者问题。有一本书叫《书店》，说的是一个人在镇上开一家书店，但很多人都觉得不顺眼，书店经营举步维艰，故事情节也是波澜起伏的，但最终以书店关门了事，没人觉得可惜，还是因为大家对书店不关心导致的。

也许，书店做读书沙龙是一条路径吧。但至于能做到哪种程度，还真是不太清楚，更何况读书沙龙也要有质量有趣味，才会吸引读者长期关注。在我参加读书沙龙的经验中，也有许多问题值得思考。

之前，有一家网站的读书编辑找到我，说他们现在有会员8000余人，书评人也有上百位，活动可以随便做，但我知道，倘若没有精心策划，可能做一两次就再也做不下去了。更有朋友关心成都的读书沙龙讨论的是什么类型的问题，“如果是文学的话题，通知一下。”这当然是好事，可是当你有读书活动通知他的时候，结果可能会是“哎呀，我的活动日程都安排满了，下次嘛”。下次，只能意味着空口承诺而已。要我说，丰富的读书沙龙可以弥补公共文化单位在这方面的缺失，也是有益的事情。可有些书店在这一方面有多大作为，还真的是很难评价。

不畏数字化阅读

说起书店，似乎永远都有说不完的话题。但在现在的数字化时代，争论书店是否有存在的必要，更像是一个伪话题。更何况，我们对书店的情爱并不是因为它的存在感，诸如生活必需品一般，而是在这个时代，既然我们不能逆转，回到书店美好的时代，那就不妨放开包袱，不管是绝处逢生，还是就此死掉，那都没什么要紧，关键是店主在做书店时，是否把自己对书店的爱转化为读者对书店的爱。

这当然需要技巧，更需要书店懂得“市场”，这市场是人情世故，也是检验书店人对当下的社会趋势的洞察力有多少。诚然，任何一家企业成功都不是偶然的，而是背后支撑的文化、背景、商业伦理等，跟同类企业相比，有相同有不同，才能做到强大，否则，就有被吃掉的危险。书店业何尝不是这样，简单来说，倘若没有自己的特色，可能就没有存在的必要——对读者而言，大多数的小书店，多一家少一家并不影响生活质量，如果成了每天的必需品呢，那肯定是大不一样了。

话虽如此，但对书店来说，每一次社会变革就意味着生与死的较量，而最终胜出的书店必定是跟着潮流走，走在时代前沿，同时坚守初心。

数字化时代，阅读的多元化势必会影响书店，手机阅读、网络阅读、阅读终端器……五花八门，各有胜场，但最致命的是书店不能创新，在书店空间、图书选择上不能突出自己的特色。倘若在书店和网络之间选择，一本书的价格或许很关键，但假若书店提供的书，网络上找不见，买不到，那又将是怎样的局面，似乎不难想象。说白了，做书店就是要做独一无二。这就好像是同城书店之间的竞争。有个理论叫作“鲶鱼效应”:挪威人捕沙丁鱼，将鱼运回码头。抵港时,如果鱼仍然活着,卖价要比死鱼高出许多,因此渔民们千方百计让鱼活着返港，但除了一艘渔船总能带着活鱼返港外，其他各艘渔船的种种努力均告失败。其实，能带活鱼返港的这艘船，不过在鱼槽里放进了一条鲶鱼。原来，鲶鱼被放进鱼槽后，由于环境陌生，必然会四处游走，而大量的沙丁鱼发现一个“异己分子”，自然也会紧张起来，加速游动，这样一来，沙丁鱼就一条条活蹦乱跳地回到了渔港。书店何尝不是这样?

在这样一个数字化时代，书店所要的不是冲动，也不是勇气，而是开店的智慧。在这点上，书店或许要做的是主动出击，如何留住读者，而不是被动等待政府出台相关的政策支持，以及读书人的“同情”。

书店卖的不是书，而是看得见的未来

经常会遇到跟书店相关的稀奇古怪的问题：读者不大喜欢，房租又高，如此下去，可能只有关门了事。很多书店都关门了，你还在开，有意思吗？能挣钱吗？这类话说不完，在更多的人眼里，书店是看不到未来的。

事实却并不是这样。有许多书店虽然在艰难中挣扎，但还是有自己的经营之道，即便是卖的书比以往少了些，起码还能保证生活。事实上，在书店这个行业里，以前可能赢利多一些，现在少一些，并非到了不堪一击的地步。这当然是众多书店的危机当中，有着那么一线生机的可能。说白了，书店开来开去，如果想着一夜暴富，那基本上是不大可能的了。唯有细心经营下去，把书店的特色做足，吸引自己的读者群，才能坚持下去。

在社会学家看来，这个时代资讯传递得太快，而读者在抓取有用部分信息的渠道更多元化。尽管如此，也只是资讯的渠道细分而已，在某种程度上决定了信息来源的多元性。那么，作为书店所提供的可能，以及阅读问题的解决，很显然还是有着自己的优势。我想，这也是书店为何能继续存在的可能。说到底，我们能看得见它的未来。

事实上，在网上或线下，都不乏给小书店支的招，比如品牌的打造、社区的经营、阅读文化的推广……不管哪一种措施，都在颠覆传统书店的概念。在书店的形象、品牌上都需要更多的精耕细作，需要店主的细致服务，可能就某一个支点，就撬动了书店的活力也未可知。之所以这样说，就像在手机的应用中，许多小程序能快速占领市场，甚至引领潮流，就在于它的创新——在某一个点上能为客户（读者）通过最便利的方式寻求解决方案，书店何尝不是如此呢？

这样一种解决方案，将是社会化的大趋势。而在书店行业中，依然存在着创新，让读者走进书店，看见书籍的陈设排列，书店空间不同的设计细节，以致想走进去探寻，即便只是好奇，不是为了寻找风景，在某一个角落，能让人感动，那一种存在感或许正是书店带给读者的享受。说白了，书店不正是以细致、细节让读者觉得幸福来袭吗？

在文化创意这个领域，书店常常是被忽略的一环，因为它跟设计、创新相比，其有限性可能更多一点，而这并非是没有创新的可能——换个视角看，也许我们就明白书店所提供的内涵实在是太大了。曾在微博上看到一个段子：星巴克卖的不是咖啡，卖的是休闲；法拉利卖的不是跑车，卖的是一种近似疯狂的驾驶快感和高贵；劳力士卖的不是手表，卖的是奢侈的感觉和自信；希尔顿卖的不是酒店，卖的是舒适与安心；麦肯锡卖的不是数据，卖的是权威与专业。那么，书店所卖的不是书，而是一种可以看得见的未来。

开一家好书店

开一家书店，不难，但要开一家好书店，就难了。

在这个多元阅读时代，在书店消费是很实际的事。一定要把书店留住的想法多少有些理想主义，但不管怎样，书店虽不是我们生活的必需品，却是我们日常中的一种生活态度和方式。那么，开一家好书店，就得超越传统书店的模式，引进各种创意思维，或许能在未来拯救书店。

书店也在玩概念

在上海,有一家书店叫“猫的天空之城概念书店”,其强调“我们不仅卖书,更重要的是卖‘未来’这个概念”。与这家书店卖“未来”异曲同工,更多“改版”后的传统书店,也打出了不少新概念,环境、餐饮等，都成为卖点。强势回归的上海新华书店静安店内，布局、设计相当时尚，还创新引入了影城视听馆，且24小时不打烊，融合了数字书店、艺术品以及咖啡餐饮等众多新事物。

众所周知，时下的书店虽然在选择多种模式突围，但相对而言，持乐观态度的人总是占少数。即使这样，还是有许多书店在尝试改变，广州方所的时尚几乎颠覆了传统书店的概念，原来书店还可以是集美学生活馆、咖啡店、艺术品展示区和例外服装的独特空间。其创始人廖美立说："书店里除了卖书还卖什么不重要，关键是在于它们的品质。我只做一等品。我想在方所里经营的除书之外的杂货，拿到巴黎、东京或者纽约任何一个国际大都市的概念店里，它们都是上品。"

越来越多的书店都在尝试改变，玩起了概念，成都的今日阅读书店强调的是城市文化空间；北京的时尚廊是时尚传媒集团斥资打造的品牌形象外延店，集图书、餐饮、娱乐为一体，其突出的是时尚；西西弗书店则是"参与构成本地精神生活"，在这众多的理念背后，体现的是对人文生活的关怀，留住更多阅读的目光。

实际上，不仅独立书店选择了玩概念这种方式，就连新华书店也在尝试。2012年6月，上海一家新华书店分店开业，这家书店创新引入iMovie影城视听馆，并宣布24小时不打烊经营。照其负责人的说法，就是"实体书店的现状决定了其必须要转型，这家概念店的目的是将其营造成文化体验的空间"。而新华文轩旗下的"轩客会·格调书店"则定位为"生活·艺术"书店，目的是让生活贴近艺术，拉近艺术与普通大众之间的距离……

玩概念是书店所必需的，但只把这个当噱头，没有改变书店的实质内容，就好像书店在玩一个花招，引来的关注可能众多，但也会因为书店内容乏善可陈而走入另外一个方向。到底，书店是卖书的地方，还是玩概念的地方？我更相信的是，书店不管是如何转型，都有不可忽略的一点：书店的生存之道在于其提供的文化空间是否能随着读者的口味变化而敏锐地转变。

传统书店的转型预示着生机和机遇，但简单的升级换代，在我看来，很大的程度上并不能改变书店继续倒闭的命运：虽然每家书店的开业和关张，都有其背后运营的问题存在，倘若将其归结为一种趋势，可能跟看不到书店的未来有关，更与缺乏对书店业发展趋势的敏锐观察相关。简单点说，书店所玩的概念，就是给读者营造更多的阅读空间。

书店的转型

广东学而优书店总经理陈定方曾经撰文说，广州市政府谈建设图书馆之城，要让未来的广州随处可见图书馆，市民随时可进阅览室，并准备投入大笔资金建设各级各类图书馆、社区阅览室。对市民来说，这应该是好事。但我十分担心的是，这件并未经过社会各界充分论证的善事，如果轻易付诸实践，能否取得预期的结果。以我眼界所见，办得好的区县级图书馆凤毛麟角，办得好的社区阅览室几乎闻所未闻。联系到目前实体书店的属性及其处境，我有一个设想：将书店转型为社区图书馆和阅览室，同时，建议政府对书店进行税收免除、租金补贴等政策扶持，让书店担当起基层图书馆、社区阅览室的职责。如此既扶持了实体书店，又免除了政府大包大揽的长期投入，可谓一举两得。

假若书店转型为社区阅览室，将会发生怎样的情况？对书店来说，它是公益性的，取消了商业上的考虑。但社区图书室的运营成本谁来买单？将是一个问题。虽然在文章中继续讨论说，各种实体书店就是各种类型的社区阅览室，是民间阅读的重要活动场所，也是培养民众阅读习惯的重要阵地。只要去看看每天在书店里阅读而并不购买的人群，特别是那些流连于其中的中小学生，便可以知道，一个社区书店对于人们阅读习惯的培养，是多么的重要。

这种做法，是不是靠谱，还是要看书店的运营情况。早在几年前，成都的印象大书坊就曾跟图书馆合作，进行配书、选书等，并且把书店引入到图书馆里去，按道理说，这样可以使一个书店能更好地生存下去，但合作的最终结局也没有什么成果，说是不欢而散怕也是合适的。说白了，书店和图书馆的诉求是不大一样的，如果非要捏合在一起，可能暂时看上去很美。

书店转型为社区阅览室，我担心的是，两者看上去有许多相似之处，却可能因为差异，难以转型成功。无他，在市场需求和内容上，书店和社区阅览室的差异就极大，尽管有“政府对书店进行税收免除、租金补贴等政策扶持”，也只能缓解一时的压力，当属于输血式做法，长久坚持下去，势必是困难的。

当然,也可能这种担心是多余的。毕竟社区阅览室的这个“市场需求”没有开发出来，图书阅览室的做法还是按照老思路在进行，图书的陈列、采购、图书质量都可能存在着诸多的问题，所以才有现在的社区阅览室“办得好的凤毛麟角”。但即便如此，书店与其转型去做社区阅览室，倒不如凭借专业的视觉和方式给社区阅览室提升自身的发展能力。如此，不仅解决了社区阅览室的长期存在的问题，也能给其以更多的活力。但书店倘若转型做这个了，可能使书店的功能削弱，当发现这是一条“歧途”时，想转身，也是难以转身了。

做好书店的方式当然有多种，关键是要考虑各种因素，适时的变身，找到自己的生存之道，可能会赢得一块更广阔的天地。

创意是书店的生存之道

为什么有的书店越做越好，而有的书店却越做越艰难？背后的因素可能多种多样，不管是经营问题，还是体制问题，都存在着这样那样的缺陷吧。单就经验看，像第三极书局关门、风入松书店停业、光合作用书房关闭……有人将此形容为在“困境中谋突围”，看上去有点悲壮。这多半是局外人的视觉，因此只能看到书店生存的一面。

或许从时下的消费形态可以看出来，在大多数人习惯于网络消费的时候，单独强调书店的价值显然很理想，倘若书店不进行“跨界突围”，势必会生存艰难。

有人说，实体书店的倒闭，消失的是一种生活态度和方式。这话当然没错，以前大家还没习惯于网上购书，阅读方式还是单一的纸制阅读，而在今天，阅读的方式多元化（其中的优劣且不论），读者选择的途径增加了，也在某种程度上繁荣了阅读市场，在读者消费时，书店所分的蛋糕相对就少了一块。即便是这样，是否就真的危及书店的生死存亡了呢？

我认为却未必如此。书店在经营管理的同时，应该有更多的创新意识。今天，创意已是深入人心的概念，但如何才是好的创意，对书店来说才是关键的。比如北京的纸老虎的流动书店，就契合了市场需求，在未来，移动书店或将成为一条全新思路。

举例而言，在17点30分至19点30分下班高峰期，很多人待在单位躲避高峰，许多写字楼里就聚集了大量有空闲时间的年轻人。如果在这段时间内，有一个展台，一个流动车，每天请一个非常棒的作者，讲一讲他的新书，提前做发布，就能吸引很多人。

雨枫书馆关注女性阅读，并做成了一种生活方式，“让脚步停留，让心行走。”事实上，书店的发展在今天已经发生了很大的变化，对很多书店来说，它所提供的不再是简单的卖书行为，而包含了更为广泛的文化内涵。这最终将体验在创意之上，书店的形态创意、内涵创意，以及读者体验的创意（比如真人图书馆），这些创意将不断使书店探寻出新的出路。而那种固守书店传统的书店，可能会很快消失掉——并不是市场不需要这样的书店，而是它缺乏创意，对读者来说，吸引力在下降。其实，这也要求时下的书店需要更多的创意渗透进来。

在这个跨界消费的时代，由创意所产生的美学经济或许能给书店提供更多的启示。

开间主题书店

之前在微博上跟周重林兄闲聊，说起了开书店的事，他说有没有可能开一家带茶味的书店。这不正是主题书店的内容嘛，做起来也蛮好玩，喝喝茶，看看书，正是慢阅读的方式之一嘛。看到这样的创意，真的是好开心。在现实生活中，类似这样的主题书店，还是少了点。比如在成都，陈昱兄开的漫画书店，很受欢迎，有一家卖连环画的小店也吸引了不少“连迷”光顾，但这样的店还可以更多一点。

有意思的是，布衣书局创办人胡同也有这样的想法。他说，现如今，你有没有品茶、会不会品茶，几乎快成为你跟传统中国文化距离有多远的一个标杆，随便量量，就知道你的文化到几级了。北京的书店虽然很多，比如主营艺术文化生活的蜜蜂书店（虽然现在已经不在了），曾经令多少人痴迷。这样的书店多一些，才更有得逛。

胡同说，我搜了一下，北京似乎没有专门的“茶书店”，那里应该是有关于“茶”的一切图籍都能找到，一站式服务，省却了大家奔波寻找之苦。我个人一直这样认为，专业书店模式，势必是未来书店生存的一条道路。不管是什么专业，其实都有相对固定的人群，有了这些消费者，就能有活下来的希望。

又说回到主题书店上来。我想，书店可以开得很大路，什么书都卖，但你卖不赢新华书店，店面再大，都比不上书城的规模。那么，小书店在竞争中，得分析市场，找准自己的发展空间。在这一点上，或许主题书店更容易让人记住，并留下好的口碑，对书店的营销也很有作用的。

所谓主题书店，一般看来是指专业书店。前段时间，朋友在泡桐树街开了一家咖啡馆，我们就建议她把咖啡馆做成主题性的，里面要放上不同咖啡文化的书，琳琅满目，阅读咖啡文化，享受咖啡时间，也是一种十分完美的享受吧。事实是，我们现在坐在咖啡馆，只能喝喝咖啡、聊聊天，却没有东西可以阅读，即便打望邻座的妹子也有厌倦的时候吧。而把一件事做到极致，就吸引了不同的爱好者光临，如此传播下来，是不是最有咖啡味的书店呢？不过，这种店主要还是卖咖啡的，书只是供随意阅读的附属品罢了。

听说，开书店是不少人的梦想，但开一家什么样的书店，却是一个疑问。我的建议是最好开一家主题书店，靠主题来吸引读者群，其针对的读者对象不是普通读者，而是“发烧友”级别的。另外，书店所强调的是服务特色，比如伦敦的“厨师书屋”，就位于伦敦市区的波多贝娄市场旁，市场上的生鲜鱼肉和蔬果，正好与书店的主题相互辉映。“厨师书屋”里配置了一套现代厨具，每日都有一两位烹饪长在这里烹煮佳肴；书屋还会邀请食谱作者到这里现身说法，并且举办签名会；在书屋二楼有一间“示范厨房”(demonstration kitchen)，每个星期六下午邀请一位著名的厨师来上课，边做边讲解拿手好菜，读者可以有机会向大师学艺，还可以亲自品尝。这里不仅是美食的天堂，也是传播饮食文化的好地方。

主题书店在未来也许会不断增加，让我这样的“书店控”在逛书店的时候，能找到更多的乐趣，对于热爱主题书店的人来说，也不啻为一种福音吧。

你的书架诉说着什么

英国《卫报》曾有一篇文章《你的书架诉说着什么》。作者说，真正可以同时承载读者的历史和未来的只有书架，而当下通常可以在书包或者床头柜里找到。作为一个终生阅读者，我一直痴迷于观察人们的书架，了解他们带回家里、装入头脑的东西。书架很普遍，几乎每个人都有一个；书架也很独特，没有完全相同的两组藏书。书架反映的远不止主人的购书习惯。买书不难，要把它处理掉或者扔到一边更是简单，因此如果一本书值得占用你的书架位置的话，我想知道原因。

对于书店来说，道理也是如此，只是更多的时候，我们去逛书店，可能更在乎书店里的书本身，有可能忽略掉书架的陈设，以及书架上的书的排列方式，更不要说书架之间存在的那些微小细节，诸如分类、标识，等等，它们同样是书店的内涵之一。由此我想到，好的书店当然是分类精确，富有意味，甚至可以小众到许多细节上，“看着这样的书店，就让人心生欢喜”。

很多次逛书店，会不经意地动手整理书架上的书，比如图书的位置摆放不对，一套书分在不同的位置，甚至还有摆错位置的，对一个读者来说，逛一家书店，不管是以怎样的目的进来，大都希望能快速地找到自己要找的书，好像一眼就能看到原来就在这里一般。

作者说：“分享书架就是分享你的内心——它展示着构筑起你的知识、人格和身份的积木。”书店不也正是以这样的方式让读者认知的吗？可是，我们在乎的或许更多的是书店外在的东西。曾看过一家书店，书的陈列精细，甚至在推荐书的展台上，都有书店自己的趣味摆放，趣味相投者会喜欢那样的分类。说到底，读者进书店，不是想着绕许多个弯儿，翻遍整个书店才找到自己想要的书。这或许对书店来说，更是一种启示，所谓精细服务，不正是从这些细节上看出来的吗？

你的书店诉说着什么？这个问题，看似简单，其实还是在考量书店的细节是不是做得够好，有味。从那无言的诉说中，读者可能会发现一些不一样的地方，或许就能留下来，并成为生活中的重要驿站。

也许，这一段话值得书店予以借鉴：书架以物质形式展示着你个人的成就（战利品是书本）、渴望（不断堆积的想读的书）、所属组织（老板发给每个员工的那本书）、个人成长（鼓励你和陌生人交谈的自助类书籍）、恶趣味（海滩读物）、消遣（有人读科幻小说，有人读游记）、回忆（遇见的某个作者，度假时去过的独立商店）、嗜好（越是星战的忠实拥趸，拥有的星战书越多），以及无数其余激发他人下意识地立即和自家藏书比较的种类。以上只是对藏书种类的分析——组织、排列、展示书本的方式会赋予他人对读者人格更深刻的理解。

是人文风景，也是营利事业

六月的下午，已然有了些炎热。早在微博上约定跟台湾小小书房的负责人刘虹风见面。前一天，她访问了成都的几家书店，大前天，她去看了云驭风书店，在拍照片的时候，遭到了店员的阻挠，无论如何都不允许拍照，即使是站在店门口，拍张店招也不允许。她给我打电话说，成都怎么能这样，居然拒绝拍照？其实，在成都逛书店遇到“请勿拍照”的事时常会发生。有次，我跟薛原去逛印象大书房，也遇到这样的尴尬。我说：“大陆的书店跟台湾的不太一样，总觉得人家会仿冒着它开一家一模一样的店。”这答案看上去有些可笑。

那天，我们约好在凯丹广场的四楼，成都的城市文化空间——今日阅读书店见面。今日阅读书店的但捷和向雪刚也在百忙之中赶了过来。大家一起聊书聊书店。

刘虹风介绍说，台湾的小书店生存很艰难，成立了独立书店联盟。2008 年 2 月，有河 book、小小书房、草叶集、东海书苑、洪雅书房五家书店率先结盟，整合资源，并发行《非独不可——独立书店大小事电子报》（以下简称《非独不可》）。《非独不可》创刊初期以串联各家店长手札、书店活动讯息为主，除了对外宣传书店，也号召更多独立书店加入，推动一个更大规模的联盟正式成立。后来，又有台北的唐山书店、新竹的水木书苑和花莲的凯风卡玛儿童书店三家陆续加入。现在，这个联盟经常做一些活动，比如发行联盟电子报、书店影展、主题联合书展、联盟专柜，以及举行“反折扣战 & 推动图书统一定价制”研讨会，做得有声有色。

刘虹风获“云门流浪者计划”补助，以“书店”为流浪主题，五月起赴大陆走访各地书店，从北京“流浪”到深圳。在她的“书店拜访计划”里面，在 60 天的行程中，安排了 16 座城市的 49 家独立书店。以香港为起点，从深圳、广州、南昌、杭州、上海、南京、青岛（天津因故取消）到北京，从南到北，又继而从北京到郑州、西安、成都、重庆、贵阳、昆明，再回广州，最后去澳门，从北到南，画了一个 Ω 字形。而成都只是她经过的一站。

刘虹风在做独立书店联盟的过程中，独立书店也在发声，让更多的人去关注独立书店。在这一点上，大陆的独立书店所做的努力并不是很多，虽然时下也在构筑书店联盟，却没有独立发声的可能性，毕竟对大多数独立书店来说，解决生存问题才是最关键的。在比较两地书店业态时，刘虹风说，大陆网络书店的折扣战“杀”得更凶，而民营书店还得面对国营书店的竞争。她将两地书店进行了对比，大陆视书店为“文化地标”，是城市中“不可消失的风景”；台湾却把书店当“营利事业”，认为书店应顺从市场机制自由竞争。因此多年来，台湾不曾拟定相关制度协助书店发展，以确保书店文化的多样性。

在交流的过程中，大家提到了诚品书店经营的方式和发展空间。其实，现在大家看到诚品书店，基本上都是最光鲜的一面，岂知它在此之前经历的种种阵痛，经营何种艰难。有其背后的资金支持，才使这一文化品牌走到今天吧。即便是这样，很多书店想学诚品，却只能学一个皮毛，企业文化和经营氛围，这都是不太可能复制的东西。对应大陆的书店，在不同的城市间，不管是不是一道风景，都有着许多的差异。也正因如此，在对待新书的问题上，大陆书店可能会给三个月销售期，不是畅销书的话，会很快下架；而在台湾，书店卖的是自己喜欢的书，这从中亦可比较出对书的情感也有着一定的差异。

因为刘虹风要赶火车去重庆，我们交流的时间很短暂，有很多话题没有深入地进行交谈，比如书店的危机感、书店未来的经营，都是书店所关注的重要问题。

后来，我在一篇关于刘虹风的报道中看到，她曾这样说：“你要如何判定一个城市是否具有文化？实际上这个问题很容易回答。假如你认为日本非常有文化，法国、德国亦然，那你大概心底就有个谱。这就像，即便我们都厌烦死诚品了，但你无法否认，成千上万的文化爱好者，他们就是为了一个诚品才来到台北的。也就像是，有无数的游客为了惠文社去到京都，为了莎士比亚书店去到巴黎。”

那么，我们什么时候去一个城市仅仅是因为一家书店呢？

那一簇灯光

有一位朋友曾这样说，虽然在网络时代，我还是要带一支笔在身上才感觉踏实。这种踏实能够让人沉静，能够安然入睡。拿这种踏实来形容书店和书对一个人的影响，也是恰当的。在现实生活中，我们会对书店赋予不同的含义，但不管是哪一种，总是它在指引着读者去阅读，去欣赏不同的书的风景。在这一点上，能让人在生活之外透透气，并看到未来的希望——固然它可能距离远一点。

有一本书叫《书店的灯光》，它的封底用了北京万圣书园墙上的两句话："是谁传下这行业，黄昏里挂起一盏灯。"——摘自郑愁予的《野店》。如今，这家书店也换了新址……

有氧生活

因为对书店有情怀，在逛书店的时候，总习惯去触摸那些细节。在西西弗书店，看着满满当当的书架，就会有一种时间的紧迫感，真是不到书店就不知道有那么多的书还没有读过，甚至连接触一下都未曾有过。而在今日阅读书店，那种小资的情调容易让人怀想起曾经的初恋，一起逛街，那些小摊都一一走过，累了，一头扎进路边的小书店，竟也有别样的风景。虽然那时的书店不如今日之繁花似锦，却亦有一番味道。在象形书坊，跟老板宋杰闲聊书的故事，多少能听到一些关于书的逸闻。这些事，正是书店的隐秘所在。

有段时间，我去逛不同的书店，它们就在自己的脑海里，形成一张张书店地图，甚至还能记清楚一些书在书架上的位置。那时候真是感觉读的书好少，就经常去逛，周末也耗费在这上面。假若两三天没去逛一下书店，就会觉得浑身不自在，说不出的不舒服。逛的时候，也许不买下一册书，就是看着那些书在书架上一一地陈列着，就有股舒坦劲儿。这是一种嗜书瘾君子的状态，面对书，总是欲罢不能，恨不得统统把书搬回家。

在微博上，贩读者言君杜撰了一个故事：

90 岁的“沙漏街的左左”躺在床上，多年博友“且听胡说”去看他：“想看书吗？”左左说：“眼睛花了，看不清了。”胡老说：“想下单吗？”左左说：“家里、单位里书满为患，连下脚的地方都没有，不买，不买了！”胡老说：“听说林道群（牛津大学出版社中国公司普及出版部总编辑）又出了董桥的精装版。”左左 :“是吗？快扶我起来，我要去看看！”这种对书的态度，真是有种妙不言语的感觉了。

我越来越觉得书店所提供的不仅仅是一个阅读的场域，还是一个精神的高地，当阅读也变成消费行为的时候，对书店的爱依然是不减的，因为我知道，那是一种有氧生活，能在日常生活中，让我们过得优雅一点。

另一种乡愁

德国著名哲学家赫尔德曾说 :“乡愁是最高贵的痛苦。”那么，书店呢，不妨也称之为另一种形式的乡愁吧。

随着书店市场的变化，书店的数量也在增减变化，而书店的业态也在发生变化——越来越追寻读者的消费口味，原来坚守的东西也在一点点地祛除（不能带来更多的盈利点），如创意产品的增加，让书店看上去更像是一个杂货铺。不仅如此，书店也在向服务类商店、超市等学习商品的陈列，以期使书店更具有市场化。也许正是因为这样的变化，让爱书人念念不忘的依然是传统的书店。

要说独立书店的生活，大不如意的多的是，盈利能力在这个商业社会变得举足轻重。对一个书店来说，保证长久持续的发展才会使书店存活下来，但另一方面在追求市场化的同时，书店却忘记了自己的根本。我记得去逛过一家书店，看上去规模很大，也很热闹，是创意商店中最好的书店，这种反其道而行之的做法，不知是不是能获得市场的认可，总觉得有些怪怪的。以前，我住在玉林小区时，周边有好几家小书店，傍晚或吃过晚饭，一家家逛下去，既观了书，也散了步，真是一举两得，遇到喜欢的书，刚好可以买下，先读为快，边走边看的情景也是有的。

现在，住的环境倒是好了，生活条件也比以前好了。逛书店的兴致却不再那么高，出门很远，才能看见一家小书店，不仅如此，卖的也以教辅、文学、杂志居多——反正什么畅销卖什么。去看了几次，几乎可以用“惨不忍睹”来形容，应该不算是独立书店吧。

那么，说书店的乡愁，就像陈可辛的电影《甜蜜蜜》那样，命运、移民、漂泊、孤独和爱的故事总容易打动人。只是，我不太清楚，在未来，还有多少机会把这种乡愁晾晒：随着城市的拓展、社会的发展，连书店的这种商业空间也在逐渐减少了，但我相信不会成为绝响。

傅月庵曾在一篇文字中写道，在巴黎、在东京，塞纳河畔跟神保町的旧书摊、旧书店，是城市的文化眼睛，少了便要黯然失色怅然有失；台北的旧书店，却如这个城市的眉毛（并且还只能算一道而已），平日存在着，倒也不曾让人感觉其重要性，一旦渐疏渐落渐消逝了，这张城市的脸顿时显得空洞而冷寂，叫人满心唏嘘失落。这岂不正是乡愁的所在吗？

天堂的隔壁是书店

记得，博尔赫斯曾在一篇文章中说：“我一直认为，天堂就是图书馆的样子。”如果天堂就是图书馆的样子，那么在它的隔壁一定是书店了。无他，天堂的美好，正是对希望的希冀，是在日常生活中的眺望。

逛书店也好，开书店也罢，其实都是站在书店里，互相打望，那一种互动是对书的礼赞，也有着书世界的流动美。关于书店，曾在书店任职 17 年 Lewis Buzbee 说，在其他行业中，时间也许是金钱，但在书店里却不是。既然时间不是金钱，我们不妨挥霍一回。这种挥霍也是源于对书的热爱。

11 月的黄昏，在温暖柔和的灯光里，听一段书故事，过一段书时光，那是再美好不过的事情了。我曾在文章中如此写道。寒冷的窗外，匆匆的行人，还有书店可以给人温暖，不会遭遇冷眼(在其他商店大概是不能这样随意逗留的)。一杯咖啡也好，一册书也好，正好可以驱除寒意。也许此时会恍然，这不正是在天堂的简单岁月吗？

台湾资深出版人吴兴文曾说，就书店的功能而言，书店不只是卖书，它还是知识聚集的场所，还应该搜集、整合资讯进行重新包装产生创意，然后产生新的商机，也就是说还有很多“点”没被发现。我们对书店的爱恨情仇，不正是书店所欠缺的吗？也许在天堂，我们不能够看到书风景，在书店能够相遇，也是一件乐事了。

开家孤独的书店

前段时间，在网上偶然看到一篇文章赞我们的书店。作者说，在书店里，我度过了许多快乐的时光，与许多大师接触，让我明白，在教科书之外，还有着一个更为精彩的世界。

这段话让我想起书店刚开始营业时的艰难。因为是暑假，人来人往的不少，但买书的主儿不多。开始时，我还不着急，毕竟做任何事都不可能一帆风顺的，再说，开头太顺利，对书店也可能不是什么好事。我的心思全放在进书上了，任何一本书摆出来卖都不掉价，我觉得这样的书店才算得上正儿八经的书店。可没过三个月，店员就换了好几个，我才意识到问题的严重性。他们觉得在这挣不到钱不说，还浪费大好的时光，“假清高”倒不如干脆点另找出路。

看这阵势，再做下去多半要关门。我赶紧跑到学校附近的其他书店“侦察”一番，卖的全是励志、动漫类的书刊。这些当然受学生欢迎，而最受欢迎的是教材教辅之类的书。但在我们店，这类书是没有的。不是我跟钱有仇，而是觉得这样的大路货到处都可以见到，我跟着去做，不过多一家教辅书销售店而已，对学生来说，没什么益处不说，也不是我的目标。但是我的店员不干了，说与其这样等死，不如散伙。没过几个月，书店就剩下我一个人了。

更不妙的是，这时在离我书店不远的地方又开了家卖教材教辅的书店，当然少不了励志、动漫类图书杂志什么的。生意很不错，老板还放出豪言壮语来：“不出三个月定把他整关门。”到我的书店里来的人，除了一些老师之外，少有同学过来。我一直在犹豫是不是该放弃点什么，迎合一下市场，也许这条路就能走下去了。

事情出现转机是在一天下午，有几个貌似老师的人走进书店，随意看了一下书，其中一位问我：“你这店营业怎么样？”我说：“书店不好做的，学生都不爱来。”他说：“为什么会这样？你这书店开得很有档次嘛，文史哲及学术性的书都有，这是我见过学校附近最好的书店。”于是，我就详细地告诉他书店经营的艰难。他说：“你好好营销一下，比如搞些讲座啥的，形式活泼一些，这店开下去不是问题。”说完，他们几个人买了些书就走了出去。

没承想，接下来的几天来买书的学生不少。我一了解才知道，原来那天来买书的人是学校的顾问。也许他说得在理，我相继搞了一些诸如读书讲座、签售、代言人之类的活动，书店居然出奇般地活了过来。而当初那家扬言要整垮我的书店，已经改换成了一家餐馆。

如果说书店的成功全靠坚持的话，我更相信，是因为我们走对了路，没有跟风去卖教辅书。因为我坚信，学生需要的是各种各样的知识。无疑，这正是我们坚持并做下去的理由。

现在书店开了好几年，看着学生们一茬茬地离开，又一茬茬地进来。如果说不卖教辅书的书店是孤独的，那么，我们就是在守候一份孤独。

跟着钟芳玲逛书店

钟芳玲是谁？她是书店达人，著名出版人，也是一名作家，而最广为人知的是第一位以中文撰写西方书店为主题、引领华文世界书店书写风潮的先驱者，钟芳玲出版了书话三部曲《书店风景》《书天堂》《书店传奇》。因机缘，钟芳玲走访了成都、北京、西安等地，重叙她的书之旅。

逛书店——走访数千家书店

钟芳玲一年近三分之一的时间在国外旅行，旅行中最感兴趣的就是寻访当地的书店。她理解的人生一大乐事，就是听书商“逸兴飞扬地大谈买书、卖书、藏书的趣闻”，书店因不同的姿态吸引着她去寻访。在不同的书店间流连，并引出了一段段书店传奇故事。

在成都，她从入住的毓秀苑阅读主题酒店开始书旅行。“没想到成都也有如此有书香氛围的地方。”几天的时间，她探访了今日阅读书店、求知书社、三重奏音乐书吧、象形书坊，“这次成都之行很出乎我的意料，没想到有那么多有意思的书店，它们的设计、书籍让我在西方书店里找不到这样的风景，充满了人文情调的小清新。”

边逛书店，钟芳玲边分享她在各地书店之间旅行的故事。那些著名的或不著名的书店，好像都装在她的脑子里，在讲故事时，她几乎信手拈来。正因为钟芳玲的介绍，让我们走进了不同的书店世界。“世界上没有最好的书店，它们各有千秋，书店众相（无论美与丑）都有它们独特的曼妙景致。”钟芳玲如是说。不过，书店还是适合分类的，比如地标书店、主题性书店、二手古董书店及网络书店等。钟芳玲注意到，20 年前，能搜索到的网络书店非常少，但到了 21 世纪，网络书店已堪称“强势”，而今不少实体书店开始倒闭。“网络书店和实体书店并非完全对立，它们可以并存。”

书生活——那些书背后的故事

钟芳玲喜欢游走世界，逛书店、看书展、参观图书馆，与东西方书人聊书、品书，书生活俨然就是生活的一部分。在这个书世界里，有着不同的人生况味、趣味与品味。跟书有关的话题都是她的最爱。

事实上，钟芳玲不仅是书店控，她的故事本身就是一段书的传奇故事。第一本书《书店风景》是1997年出版的，那是她在美国读研究生时就开始留意了。“1990年开始慢慢写，一直念到博士，通过论文的口试，因为家里的事我回到台湾，空余时间在《天下》杂志社的图书专栏做编辑，然后又辞掉工作，想回去把学位念完。没想到我很喜欢这个跟书相关的工作，回到美国根本没法做学术，干脆放弃了博士学位。毕竟我还有硕士学位，可以在大学任课，中间还有出版社的工作，当书店创意总监，但这些都太干扰我了，我决定兼课，用剩余时间去拜访世界各地我喜欢的书店。后来我发现这也很干扰，干脆兼课都没有了。从2004年左右我就完全做自由职业者。”

解放了的钟芳玲从此在书世界里遨游。在提到阅读问题时，她说：“都跟书相关，或是延伸出来的，比如写莎士比亚书店，就会看那个时期提到莎士比亚相关的书，主人的传记，书商的历史，他经营过什么辉煌的书籍，甚至和书店主人相关的侦探小说。这也有点像高手过招，如果没有那个层次，就没有那个乐趣。”诚然，阅读一定要按照自己的兴趣和爱好来发展，钟芳玲坦言她最害怕给别人开书单，“我怎么知道你的特质？你应该自己想办法发展。”

书店事——一场场奇遇记

在书中讲述书店的故事，虽然迷人，但能亲自聆听钟芳玲讲谈，又别有一番风味。那天，一群朋友聚谈，在她眼中别致而又耐人寻味的书店——法国的莎士比亚书店、美国的阿都比书店、英国的莎乐伦书店和厨师书屋，以及美国的蒲公英礼品店兼书店等，讲述了她在访问这些特色书店时的特殊经历，尤其回忆了与其中欧美书店友人们交往与通信中的感动故事，令人难以忘怀。

那一个个书店故事汇集在一起，令人着迷。而所谓书店传奇，在钟芳玲看来，不过是一连串书店奇遇记，那是钟芳玲多年来累积的故事集，故事与故事间的书与人往往又有所关联，像是连环扣。《书店传奇》就是“在平凡书店中发现非凡、在非凡书店中发现平凡”。也正因如此，爱书的人去伦敦、去纽约、去巴黎，都会带上一本《书店风景》，看看那一道道迷人的书店风景。

关于一些失败的书店和老板的故事：

1981年，洛根在美国普林斯顿大学北面纳索街上创办备受好评的麦考伯书店；26年后，洛根因为无法接受现代连锁、网购等书籍经营方式，只好停业。

1988年，45岁的罗志华接手青文书屋，渐被视为香港文化界的“幕后推手”，而青文书屋也成为文艺青年及作家的聚脚地。然惨淡经营20余年终至结业，只能将数以千计的书籍暂时搬到分租货仓，未料竟死于20多箱图书的重压之下，终成“一种黑色幽默”。

2009年，卓越在苏州建了物流中心，与此同时71家书店关门倒闭……

独立小书店渐成远去的风景，这里有“太多太多的象征意义，象征太多太多的过去与失落。”

书店之魅

逛书店犹如徜徉在艺术的殿堂里，高山仰止，特别是走进独立书店，更是感觉非同一般，几可视为文化家园的最后守望者。此外，书店也是许多故事的发生地，在“查令十字街 84 号”书店，纽约女作家海莲和伦敦旧书商弗兰克因书结缘，双方 20 年间始终未曾谋面，相隔万里却莫逆于心。这在今天看来，简直是一个奇迹了。

当然，书店的魅力在今天依然存在。几乎在每个城市都有自己的独立书店，它们风格各异，却都影响着一大批忠实的阅读者。钟芳玲曾在《书店风景》中介绍了几个地标书店：巴黎的莎士比亚、纽约的高谈书集与史传德书店、旧金山的城市之光，虽然都是小型的独立书店，却因拥有多彩多姿的历史背景而闻名遐迩，已成了当地著名的地标，连旅游小册子都特别介绍它们。比如，位于费城市中心的博得书店堪称美国大型连锁店中最具特色的一家——大概没有别的书店比博得更勤劳好客的了，每天早晨 7 点，博得就打开大门，让浓浓的书香和咖啡，招引众多的爱书人。许多上班族因此将早餐从自家的厨房，移到二楼靠窗的咖啡座，用简单的早点以及店中提供的英美书评，开启一天的生活。

其实，在国内许多城市也不乏这样的书店，北京有风入松书店、万圣书园，南京有先锋书店，杭州有枫林晚书店，广州有博尔赫斯书店，成都有弘文书局……先锋书店的店主钱晓华在《先锋书店》中，写其创业的艰辛，文化界名人如苏童、叶兆言、许钧、吴炫等从各个侧面讲述了对先锋书店的喜爱，众多受惠于先锋书店的读者、学子则娓娓讲述了自己在先锋书店的所得：大地上的异乡者（这也是先锋书店的口号）。大概每个独立书店收集这类故事都不会少的。事实上，在我们感叹物质发展越来越快的今天，还有这样的书店支撑着城市的风景，让我们不再迷失生活方向，到底还是值得庆幸的事。

书店之惑

如果说，与书相遇是一场罗曼史的话，开书店无疑就是一种对书的挚诚表达了。现在开书店之难，几乎成为全球共识，最初的远大理想且不去说，坚持下来殊非不易，总是有这样那样的问题需要应付。

在《书店》中，佩内洛普·菲兹杰拉德讲述了一个关于“书店”的近乎悲情的故事。弗萝伦丝似乎是为了寻找一种叫“意义”的东西才决定在一个名为哈堡的小镇上开一家书店。但这其中的经历颇为曲折，正如“老屋”中那个看不见却又无处不在的“敲打鬼”一样，以加玛特夫人为代表的小镇上各个阶层的势力在有意无意间对这个书店充满了排斥，甚至敌意（简直不可想象），就连那个图书分类工作做得极好的小姑娘克里斯汀，也对所有关于书的东西充满了怨恨。随着唯一支持弗萝伦丝及其书店的绅士布朗迪希先生的去世，书店也关闭了。

事实上，这样的例子在今天不仅是出现在纸上，面对经营压力，许多书店不堪重负：

美国普林斯顿大学北面纳索街上一家叫麦考伯 (Micawber) 的书店 (1981—2007)，经不起网上购书与连锁店的竞争压力，被迫转让。老板洛根如同狄更斯笔下的麦考伯先生不愿意主动改变自己，“不希望自己的书店只是一个卖书的地方，如同杂货店里卖杂货”，宁可停业，也不能接受这种没有人情味的书店。

香港青文书屋更是其中之一，因为经营和租约问题于 2006 年 8 月 31 日歇业，罗志华遂把数以千计的书籍暂时搬到香港合桃街 2 号的分租货仓，等候机会再次开店，不料却死于书下。事实上，罗志华算不得成功的书店老板，但他在香港文化界的身份是复杂而独特的：他不仅是书店的老板，香港“二楼书店文化”的开创者之一，也是书店唯一的店员、杂工；他是独立出版人，也是唯一的排版员、苦力；他曾一人搬运 50 多箱书参加香港书展，也以一己之力出版了八期《诗潮》、四期《青文评论》，更一人包办了香港著名的“文化视野系列”出版，从找作者、编辑、出版、发行等都由他自己完成。几乎是把书店当成了文化事业来做，一丝不苟，才引来如许的赞誉。死于书籍，很容易会让人联想到捷克作家赫拉巴尔的《过于喧嚣的孤独》，视书如命的废纸收购站打包工人汉嘉 35 年在废纸堆中讨生活，最后竟抱着心爱的书在压纸机里让机器里的书籍压死了自己。

梁文道说：“很容易就会感到罗志华的死其实是一个象征，象征我们的过去；如果不幸的话，甚至象征我们的未来。”

的确，从小说到现实生活中书店与人的困境，都指涉着这样一个时代：这边厢，新一代读者成长于全新信息环境中，阅读行为溶解在手机、网络、电玩、电视、iPad 中，分流加剧，社会人群不再全都偏好平面印刷品；那边厢，书业竞争压力日增，大资本日渐吞噬抗风险能力较低的小型独立书店。上述事件绝非偶发个案，而是全球图书产业化、网上书店大量涌现、图书超市林立的后遗症。在美国，面对来自互联网网上售书、大型连锁书店以及廉价商店和超市里图书柜台的激烈竞争，私人独立经营的小规模书店纷纷倒闭。

路透社报道，美国全国私营小书店的数量十多年来已减少一半，仅存约 2500 家，而现在的数量恐怕还要打折扣。在英国，独立书店也正以每周至少一家的速度在减少。

书店之立

纸张供应紧张、价格只升不降……书业的数字化正在快速向我们逼近，当下的书店仅仅靠理想主义难以存活，必须找到一条既防止互联网盗窃又鼓励新生市场发展的中间道路，而对小型书店来说，唯有进行创新才能面临种种压力。

徐冲在《做书店》一书中提出：做书店，不管做什么样的书店，理念的支撑是必需的……没有理念支持的书店，哪怕很豪华很奢侈，也找不到它的灵魂。没有灵魂的书店，多一家或少一家，其实无所谓。然而，书店有了灵魂，就能解决其生存之道吗？更何况现在的小书店面对的压力之多、之大，如果不能保证盈利的话，哪怕它再有影响力，都难以逃脱倒闭的厄运，这并非危言耸听。事实上，小书店的最佳状态是，在保证盈利的同时，能给消费者带来合适的书籍。而小书店纷纷倒闭最终受害的还是消费者，毕竟这些小书店提供的顾客服务是连锁书店和廉价书柜台所没有的。

书店固然需要适宜它的风格或特色，在看到许多书店关门的同时，我们还应注意到没有像众多同类书店一样倒闭，而是围绕当地居民特点及自身优势经营，站稳了脚跟，以别样的方式来赢得读者的小独立书店，毕竟“独立书店想生存下去，不提供其他活动和服务，而仅靠售书是相当困难的”。这些独立书店的经营者们用睿智和灵活的思维与实践，书写着对图书的执着与坚守。

比如英国的 Saltaire 书店，每周四举办一次作家活动，同时以每杯一英镑的价格出售葡萄酒；每周六下午，还举办儿童活动和西班牙语培训课堂，并提供西班牙风味小吃和葡萄酒。每当有新顾客光顾书店，他们便在通讯录上留下顾客的联系方式，为书店积累了一个不断增长的客户群。国内也有书店这样做，取得的效果也是非常好的。

实体书店应打造人文空间

实体书店的倒闭话题这几年一直争论不断。当年，一条关于北师大附近野草书店开始清仓、即将关闭的微博迅速在网上传播，导致大批读者前去购书。似乎实体书店越来越没落，甚至可称为“夕阳产业”，可仔细分析书店的生存环境，不难发现，这背后所隐藏的问题是，我们对实体书店的需求似乎越来越少了。

在我们为内地实体书店的未来命运担忧时，香港的书店却活得很滋润，比如在业态上的创新，改变售卖场所的传统定位，营造公众文化生活的空间，而其生存的秘诀，是靠销售量，同时免受电商和盗版书的冲击，真好像是书业的一片乐土了。

反观内地实体书店的经营面临众多的问题，在于房租和税费上升的同时，电商的冲击也是不可避免的影响。虽然实体书店的倒闭让读者看着很心痛，但从书店的经营角度来看，那些已倒闭的书店在经营上并不是那么理想，而电商的冲击、读者购书需求的改变只是加大了这一倒闭的可能性。不过，这并不能构成威胁书店生存的理由。倘若将书店的经营困难归结为大环境的问题，是无法正视书店创新不足所带来的问题。之所以这样说，是因为在商业经济时代，在众多商业、消费模式改变的情况下，也有商业异军突起，做得风生水起，倒是书店还在延续传统的模式经营，很显然是没有足够的吸引力去影响读者。

不仅如此，实体书店在定位上，仅仅强调“新业态、新空间、新体验”，而在书店的具体细节上欠缺思考，在读者心目中所营造的形象，可能也会带有些许缺憾的。在借鉴商业模式上，也有书店走在前列，由此观察北京万圣书园、贵州西西弗书店、成都今日阅读书店、西安万邦书城、南京先锋书店的模式，我们发现，它们依然是读者心目中的“圣地”，除了良好的口碑之外，就是它们还以新的姿态和形象打动了读者。

今天的网络书店俨然成了书业的主流，不少出版机构把精力也放在网络书店上（在现金流上，回款的速度得以保障），由此带来了网络依赖症。实体书店跟其相比，没有价格的优势，而阅读氛围的营造，书店的现场感，以及图书的实体感，最为吸引人的当是温馨的服务，这是网络书店所无法提供的。在实体书店的未来上强调的是个性和专业，这也是大众的网络书店所无法提供的。

如果说，对实体书店的未来悲观的话，我愿意相信，书店作为一种商业体，它一定得跟市场接轨，而不是停留在传统经营方式上。如何将书店打造成留得住读者的人文空间，在这一点上，港台的实体书店经验值得借鉴，并可从中找到适合自己的发展模式。

现今政府对实体书店行业也给予了相应的扶持政策，比如对实体书店减免税赋、加大对实体书店财政扶持力度，各地也出台了相应政策，但对一个长期经营的书店而言，单靠这些还是无法支撑书店运营下去的。说到底，实体书店的出路在于能自己掌握书店的未来命运，这就涉及书店的定位、创新和盈利能力了。

实体书店的未来在于创新，而不是循规蹈矩地做下去。当然，在这个经营过程中，也会有书店因这样那样的原因无法经营下去，这种状况的发生，应该引起实体书店的反思：当书店所提供的服务有所欠缺的时候，是不是应该改进一下思路，让读者有个更好的阅读氛围？

24小时书店不必一味复制

自三联韬奋书店打造24小时书店模式，让不少书店业者看到了书店的未来，可像这样的书店模式是否可以复制，还是一个疑问。毕竟24小时书店不是作秀，只是把服务延伸到夜晚，让人在书店里感受到书店的温暖。

在韬奋书店总经理张作珍看来，人文关怀正是该店的底色，也是该店决定24小时营业的根本原因。那么，其他城市的书店是否也可按照这一模式打造成不同的24小时书店呢？首先取决于来书店看书、购书的人有多少，其次要看每天的营业额。说白了，在做这样的书店时，其付出的人力物力成本更多，倘若没有个营收平衡的话，相信许多书店不会选择这样做。

去台湾旅行，爱书人常常会为诚品书店叫好。台湾的阅读文化与氛围浓厚，是在于其对阅读的认真。

诚品不可复制，那么，三联韬奋书店的 24 小时书店模式是否就可复制了呢？似乎也不太能够。书店如何做才是最好的方式，相信大多数从业者会有不同的意见，但毫无疑问的是，书店一定要接地气，给读者提供更多的贴心服务，至于是否是 24 小时书店，确实不太重要。毕竟书店对大多数人来说，只是生活的一部分，而不是需要随时都要去书店看书和消费的。

对书店来说，还有一个好消息是：2019 年，依据《关于支持实体书店发展的实施意见》，为推进公共文化服务体系建设，促进实体书店健康发展，满足人民群众多样化的文化消费需求，全国各地纷纷开展实体书店扶持项目征集工作。

也许，这样的政策支持对书店的日常经营来说，可能还是杯水车薪，但如何才能让书店更好地存活下去，需要更多的思路拓展书店的未来市场，不是仅仅局限于某一种模式，只要有利于书店发展的模式，都可以做一些尝试。

书店、阅读所融汇成的阅读文化，是这个时代的精神象征之一。不管如何，因为书店，也因为阅读，让我们的生活有了美好的可能，因此，我们有必要向书店致敬。

不可不说的脉络书架

喜欢逛书店，爱看书架间的关联。在新华书店，遇见的书架是最没有特色的一种。我曾在《书店病人》一书里写过今日阅读书店的“大象分类法”,那是由著名的书人大象发明的图书分类法，好玩有趣。

关于书架的世界，吴兴文先生在《书缘琐记》里说，分众书店大部分不分新旧图书与杂志，都是依据内容选书，不同于传统书店的图书分类，按照自己的需求设立脉络书架，以让人想永久收藏为目的。

一次，我在天津逛天泽书店时，见其书架上的图书陈列，恰如吴兴文先生所言，正是脉络书架，一架书可以将同类型的书一网打尽。真是有英雄所见略同之感。

在西安，关中大书房也有类似的书架陈列，想买的书，径直奔往书架：知识分子、乡土作家、西安旧事、宗教学、传统文化，等等，如此找书甚为方便，这不禁让我想起以前逛新华书店的经历，满坑满谷的书，看上去数量众多，找一本想读的书，甚为困难。好在书店的服务总台有电脑查询书目，倒也是一种方便，有时也不尽然，一些书明明电脑显示有库存，去书架寻找，却无踪迹。

在西西弗书店，除了架上读物陈列有详细分类之外，在书店里还分布着众多分类的书堆，同一类型的书集中展示，也很不错。我见有的书店也在学这一招，却总学得不太像。大概，这与书店的精神相关吧。

书架上陈列的图书，看似小事情，却也影响到读者的购书需求。记得某次跟朋友逛一家书店，书店里的书确实很不错。但其书架上的书分类凌乱，这倒也罢了。只见其中的空间多有不合理之处，图书的陈列应该有自己的哲学吧。倘若通晓货物陈列学，就不难发现，读者选书的心态、目光所及书架的不是书店的最高处和最低处，而是刚好能平视的地方。

脉络书架的设置，在某种程度上，正好暗含着现在读者对阅读的需求：有一些问题需弄清楚，那就多找几册同类的书，比较着读一读吧。

逛书店，也正是在寻找与书的美好相遇，那是从书架开始的故事。

中国的实体书店会崩溃吗

中国的实体书店会崩溃吗?

前几年,网络上流传着一个帖子《中国实体书店崩溃的真相》。我看了那个帖子，猛一看，分析也有合理之处。但要说中国书店的死亡，怕还是为时尚早。

书店是近现代随着出版物的蓬勃发展才有的事物。中国书店的类型和发展史，与西方书店有着差异，但无一例外的是，书店的服务功能，都是在不同程度的加强，使书店更具有活力。

不必言说网络对实体书店的冲击，其实也跟文化政策有关。我们知道，在西方的出版业经营中，书店是最重要的一环，新书的价格在实体书店、网络书店之间差别不大，其旨在保护实体书店正常运转下去。但比较我们的实体书店和网络书店，缺乏相应的保护机制，新书网购价格相对折扣较低，如此才有了实体书店运营的艰难。

有趣的是，日本大型连锁书店纪伊国屋书店（Kinokuniya）收购了村上春树最新散文集《职业小说家》（Novelist as a Vocation）首印10万册中的九成。此次纪伊国屋书店的大量收购意味着线上书商手中只有5000册书，其余9万册都将在纪伊国屋书店和全国多家书店发售。这一行动旨在“其全部配销均优先日本实体书店，以期将该国读者从网络书店唤回实体书店”。这一拯救计划虽只是个案，却还是有着代表意义。

无独有偶。前段时间，我去西安的关中大书房，看到海豚出版社的不少新书在上架销售，其中多数为五折。应该也是海豚出版社支持实体书店的一种策略。据了解，海豚出版社的此举只针对有特色的书店做的一项活动，其侧重点在于经济欠发达地区。无疑，这是出版机构谋求更大利益的同时，也使实体书店有了更多的发展空间。

毋庸置疑，中国的不少书店，无论规模还是经营策略，与欧美及日本等国书店有着巨大的差异。但在国内的一些城市旅行，我们也不难发现，有一些地标性的书店，如天津的天泽书店、西安的关中大书房、拉萨的时光旅行书店、合肥的保罗的口袋书店、南昌的青苑书店，等等，它们的存在构成的书店风景，尤其值得关注。

此外，国内的实体书店与欧美及日本等国的差距正在逐步缩小是不争的事实。除了实体书店中销售新书的书店之外，不少城市还存在着大量的旧书店，至于旧书摊就更多了。在爱书人、藏书家阿滢主编的《中国旧书店》中有详细的记录。

爱书人时常逛书摊，也在感叹旧书店一日不如一日，这只是大的文化环境下的缩影。旧的书店离去，新的书店诞生。这是书店业的发展模式，再自然不过的事情了。

在书店，有一种职位叫书店编辑

最近，读吴兴文先生的《书缘琐记》(海豚出版社 2015 年 5 月版)。其中的《推动书店的新形态》说：

最值得一提的是，刚开始提到的幅允孝从事的第一个工作案例：东京六本木之丘“TSUTAYA TOKYO POPPONGI”书店，以旅行、美食、设计、艺术四大主题，对生活形态提出新的建言，构成前所未有的书店形态。于是他将马尔库斯的文学作品，放在“旅行”书柜的“南美”区，布列松《In India》过去一向摆在摄影书柜，现在放进“印度”的架上……通过这种打破既定分类的概念，进行所谓的“书柜的编辑”，比前面提到打破既有的学术分类更进一步，让读者有“是否有什么好东西”吸引他们前去，或者将暧昧抽象的想法转换成具体商品的陈列。幅允孝说：“书店不只是卖书而已，应该是将聚集在那里的信息加以重新包装，进而产生创意，创造出新的商品。肯定还有许多销售点尚未被注意到。”

这里说的是“书柜的编辑”，实际上所担任的角色是书店编辑，所做的工作正如幅允孝说：“书店不只是卖书而已，应该是将聚集在那里的信息加以重新包装，进而产生创意，创造出新的商品。肯定还有许多销售点尚未被注意到。”

我曾在《书店病人》一书里提到过书店的图书分类、陈列，是一门大学问，列举过成都的今日阅读书店的独特分类法，打破传统书店的分类、陈列模式，才能获得新生（在逛书店时总给人意外之惊喜）。这个图书的分类、陈列所涉及的内容既包括消费心理学，也与读者的阅读习惯相关。当我们还在纠结于书店为何卖咖啡卖文创产品时，书店的形态已发生了许多变化。

就像已经消失了的书报亭。一间书报亭，仅仅是卖书报就可以了吗？似乎不可能。它更像是一间杂货铺，将饮料、水、烤肠等饮食予以支撑。这当然是因书报亭的服务在延伸，仅仅是卖书刊，可能就无法存活下去。当然，现在很多地区的书报亭已经真的停了。

今天，大众的文化消费习惯，一直都在悄悄改变着。做书店，如果按照传统思路墨守成规做下去，固然可一时存活下去，却难以持久。

书店所做的事，首先是存活下去，才能谈书店理想。对多数人而言，一家书店的存在，在日常生活中，可能我们关注的并不多，一旦书店歇业，就会引发不同的感慨。这种复杂的书店情感，是难以一言说尽的。

书店编辑所承担的功能，是让书店显得更为多元、灵动，吸引读者走进书店，与自己喜欢的书相遇。这种惊喜，在如今逛书店的时候越来越少了。当然，这也许与书店的分类、陈列方式相关吧。

不管怎样，书店把书交给读者的手上，才能实现书的价值。书店编辑正是对这种理念的执行，让读者开启一段阅读之旅。

由书镇想起来的

书店总是离不开生活。但有时读到书店的故事，真是让人感慨。比如英国威尔士的海伊小镇的特色很多，随处可见又长又斜的狭巷、诺曼底和詹姆斯士时代的遗址及喧闹的市集等。最为重要的一点是，这里是世界上最大的二手书店聚集区。

海伊镇的人口不到1500人，拥有41家书店。10英里长的书架、100万册图书和上百万人次的年访问率。小镇所有的称号都与书有关："世界第一书镇""天下旧书之都"……这里还有一年一度的英国《卫报》文学节，每年都能吸引几万名慕名前来的淘书客。

这样的地方也真是让人羡慕。近段时间，我读到温迪·韦尔奇的《大石缝镇的小书店》，那是一部关于友谊、人际交往和读书其乐无穷的回忆录。大石缝镇是美国弗吉尼亚州矿区的一个小镇，当经济衰退时，温迪·韦尔奇和她丈夫、苏格兰民歌歌手杰克·贝克来到这里开了一家书店。至于是否能存活下去，唯有经历过才知道。好在，开书店的故事虽有挫折，却充满温情。为什么会有这样的故事流传，我想是跟当地的阅读氛围有关。

前不久，我去黑水县旅行。在这个比小镇大的县城里，除了一家不起眼的新华书店，似乎难以看到其他的书店。这不只是一个西部县城的个案，在不少的县城能相遇一家书店，似乎已是幸运的事，更不要说是在乡镇上了（旅游城镇当然会有所改观）。

开书店，在今天的中国多少有些悲情。如果在一个乡镇上，聚集数十家书店，会怎样？这可能只是一种梦想。在中国，比海伊镇大的城镇有很多，除了相应的公共文化机构，比如社区图书馆、文化馆之外，似乎难以寻觅到书店的踪影。

可能你要说，在农村还有农村书屋吗？但去看过农村书屋之后，多少有些让人失望的感觉，因为除了农业科学技术的书之外，农村书屋也需要最新的人文社科类的书。你也许会说，不是有国家政策扶持的吗？可那些书距离一个村民的距离有多远，还是一个未知数。简言之，不少农村书屋的设置，与农村的阅读需求，并没有太多的关系。

书镇，在某种程度上是文化的象征。但像海伊镇这样的地方，在中国恐怕难以寻觅。大石缝镇上的书店故事，也许会有吧，只是一时尚未听到有关的故事。

看似热热闹闹的一场全民阅读，如果只把工夫花在表面的话，可能只在统计数据上有了增长，还是希望多一点实际内容的真正惠民的全民阅读吧。

书店卖的不只是情怀

书店关门的消息时常见诸网络，总会引起极大的关注。合肥的增知旧书店店主朱传国因生病要关闭书店，经过媒体报道之后，书店救活了，且推出了朱传国先生的贩书日记《最后的旧书店》。

与此相似的故事是，西安著名的独立书店关中大书房搬离商业圈小寨。连续数天，自媒体和朋友圈都被关中大书房刷屏了。这样的书店故事总会给人伤感或悲情的感觉：对很多爱书人来说，书店不仅仅是一个书店，它承载了太多太多——文化、青春、知识、回忆……它的谢幕，让很多平时羞于表达情感的人，也禁不住真情流露。

闲暇之余，我也在记录书店的故事，看到不同的书店的生生死死：因书店商业模式不清晰，抑或是因房租成本太高，都有可能造成书店难以持续经营下去，这实则是考验书店的生存智慧。

在关注书店的同时，我们还常常给书店以不同的附加价值，使书店看上去很高大上，似乎是精神地标，似乎以此就可在商业浪潮中活得很好，其实只是一厢情愿的想法。

书店的故事所能打动人的，实则是温情。我曾写过开在四川师范大学校园里的弘文书店，有一位书友读了之后说：

我不是川师的学生，知道弘文是因为专业课的老师大多来自川师。他们在课堂上时时提起，引起了我的好奇。一直认为学校里有书店才是完整的。当然了，售卖心灵鸡汤和低俗杂志的自然算不上。2012年3月，第一次去弘文，我感慨于满墙的书，感慨于书的专业和细致，更感慨眼前的那位书店主人。后来时常去川师蹭课，也习惯于常去弘文看看。次数多了，和曾孃孃也就熟了，孃孃把我当自家孩子一般疼爱。每次去她都忙着给我买水，喊我拿她的卡去食堂吃饭。偶尔因为没有川师的证件不能听到很好的讲座，她还借证件给我，生怕我错失了学习的机会。一天晚上，我和孃孃在店里待了很久，就我俩，她给我削苹果吃，那一刻，我感受到的是母亲般的温柔。今年报了川师的研究生，孃孃又帮我准备资料，让我直接去店里拿。弘文对我而言是家，让我这个校外人每次都有歇脚的地方。想起它，有的是安全感和幸福感。这些年，在弘文学了很多，不仅有知识，还有坚持。

像这样的书店故事，真是让人动情。但时下的一些书店却忽略掉了这份情感的互动，以至逛书店会遭遇冷冰冰的面孔。毫无例外，这样的书店离关门的距离不远了。

然而，在这个商业时代，不管书店是开业还是关门，若不考虑其未来的生存，只是谈情怀，就远离了书店的功能，它不仅是在提供文化服务,也是在尝试生存下去。在读《莎士比亚书店》时，我们看到的是成功者的面孔，却忽略掉了开书店的心酸历程。事实上，在今天开书店，并非拥有一腔热血与情怀就能够让书店生存下去的。

多一些人情味，就会让书店多一些生存的机会。靠情怀坚持下来的书店，可能收获的就只是情怀或悲情了。

逆袭生长的独立书店

2015年，经济再度下滑，文化产业陆续抬头，随着各地对实体书店的扶持力度加大，书店似乎得以缓了一口气。盘点实体书店的发展路径，或许不难发现，尽管不少实体书店遭遇到了困难，但总体来说，是在逆袭中生长。

最引人注目的书店事件之一，台湾诚品书店在苏州开业。两岸文化的差异，却正好形成了有利的互补。起初对诚品书店的种种猜想，随着它的开业，让爱书人看到台湾书店的样貌。虽然它并非是诚品书店的原版，但由其规模和经营理念出发，或许我们可能窥见独立书店的未来之路。

也有人在网上质疑，独立书店是购物中心的标配吗？这大概源于西安、合肥、郑州、成都、桂林等地的书店开始与地产商来往，入驻大型购物中心。如纸的时代书店进驻大摩时代广场、言几又书店入驻大悦城，等等，似乎预示着独立书店的新时代来临。

以今日阅读书店为主导的言几又书店在北京开业之后，相继在各大城市攻城略地，相继在成都、上海、天津、西安等地开店。与此同时，今日阅读书店与言几又书店强强联合，打造全新的书店品牌——言几又·今日阅读书店，显示出其独有的市场价值。

西西弗书店从遵义出发，历经多年磨难，相继在重庆、成都等地开店之后，2015 年迈出步伐，在深圳、福州、厦门等地开店，西西弗书店强势的发展动力，来源于其多年的经验累积，目前开店已达 200 家。有消息说，在未来，西西弗书店将谋划融资上市，若此举取得成功，将是第一家上市的独立书店。

当然，这都是独立书店的好消息，也有许多坏消息出现。其一是合肥的增知旧书店关门的消息经过媒体的报道和网络资讯传递的发酵，成为轰动一时的新闻。增知旧书店店主朱传国推出了日记《最后的旧书店》，记录下书店的旧时光。无独有偶，天津的海洋与蚂蚁书店曾因租金问题几乎关门，经过微博、微信的传播，拯救了一家书店。这不再是一种传奇。

西安是文化古城，但在 2015 年关中大书房将撤离小寨商业中心的消息，不胫而走，媒体呼吁，但还是没能留住书店。同年 12 月，关中大书房邀请著名书人钟芳玲在此做活动，并宣布将撤离小寨。此后，西安、成都等地的媒体人陆续发声，使关中大书房搬家成为西安最重要的年度文化事件。

网络与实体书店，曾经形同水火，双方在争夺读者的过程中，无不使用独特的方式，随着政府部门扶持独立书店和读者的理性回归，实体书店的日子好过了许多。亚马孙在开了第一家实体店之后，当当网也宣布将开1000家书店，其第一家选址长沙。从网络到实体书店，这是怎样的战略选择？目前尚无结论，但我们可以看到，实体书店在缓慢地恢复过程当中。

此外，关注书店的人群也在持续增加，有的关注书店影像，有的关注书店故事，有的关注书店游记，从不同的侧面普及了书店文化。书店里散发出的灯光，是温暖的，那也是人类良知的传递。当书店逆袭生长时，我们可以遇到的是更美好的自己。

百草园书城：鲁迅笔下的读书风景

在未到醴陵市之前，就已知这里有数家书店，且各有不同的味道。几年前，醴陵的五彩书吧曾给我寄过一些资料，我也还为此写过一篇短文。舒老师告诉我说，在醴陵有一家最大的书店，不是新华书店，而是一家有特色的独立书店——百草园书城，在湖南书店影响力很大。听到这样的介绍，就有了想着一探究竟的想法。

抵达醴陵的第一天，吃过晚饭已经是八点钟了，舒老师说："走，逛百草园去。"我担心时间太晚，等我们驱车过去，恐怕已经到了打烊时间。舒老师立刻电话联系了书店，刚好书店负责人郭世伟先生刚刚从长沙赶回来，还在书店里忙碌着。这样，我们一行就有了夜探百草园的机会。

百草园书城位于瓷城路的醴陵百货大楼之内，拾级而上，步入到书城。此店面积几近3000平方米，分为上下两层，说是两层，却并非是传统意义上的两层，上层其实是隔离出来的独立空间，下层为文具、书包等图书周边的产品，书册主要集中在三楼。我们到的时候，注意到儿童区正在开展国学教育，这是书城引进当地的一家文化机构，并免费提供场地，每周固定举行的文化活动，可谓是传承醴陵的文化传统。

我又注意到书城有个文房四宝的专区，有众多的书画册子，还提供有素描、宣纸等，看上去琳琅满目，可以看出醴陵的艺术氛围是何等的浓郁。在醴陵文化史上，艺术家的数量不少。我还注意到书城里摆放了一张画案，每周有当地的美术教育者在这里开展艺术教育的分享活动。至于其他类别的图书，虽是匆匆浏览，大致也可感受到浓郁的书香氛围。

因为临近书店打烊的时间，在此阅读的人已不多。三楼还有一个品饮区，带一册书在此喝喝茶或咖啡都是很惬意的事。静静地坐下来，听世伟先生介绍书城的情况。

百草园书城于2004年创立，可谓见证了醴陵的书店史，以及阅读史。2018年，书城由渌水河畔的解放路搬迁到这里，最初由哥哥郭世明先生经营，最近几年才由弟弟接手。书城的名字当然来自鲁迅的散文名篇《从百草园到三味书屋》。在醴陵，百草园创立之前就有家不错的书店名为三味书屋（后来因故歇业）。百草园之所以取这个名字就是想着延续醴陵的书店传统。

我们知道，独立书店在当下经营并非易事，二三级城市的一些书店因这样那样的原因而关门歇业，但百草园却凭借书店的力量生存下来，“我们经营这些年就是靠我们的努力，没有拿过政府提供的书店补贴。”这并非是有意保持书店的独立性，“书店仅仅靠这样那样的补贴，没有自我的造血功能，可能不会走太远。”世伟先生这样阐释。

聊起书店的经营之道，世伟先生用“摸着石头过河”来形容。从喜欢书到开书店，几乎是爱书人做书店的朴素理想。郭氏兄弟经营书店多年，与出版机构形成良好的关系，尽管如此，现实依然很骨感，像百草园这样的书店如何才能走得更远，在当下需要多元的尝试。郭总说：“醴陵没有大学，就少了一块阅读群体。但我们扎根醴陵，做了那么久突然不做，也是说不过去的事情。再就是我们想营造阅读的氛围，让工作人员与读者多交流，让读者获得更多的体验。”这样的做法当然是基于书店的服务理念。

近几年，随着网络购书的流行，实体书店常常沦为书籍的“陈列馆”，但世伟先生说：“我们不怕读者来这里阅读，哪怕是不买书，只要持续阅读，我们都欢迎。”这样的做法看上去似乎有些“愚笨”，但对于百草园来说，留住来书店阅读的人，就是留住一座城市的文化未来。这时，我忽然明白，百草园留住的还有鲁迅笔下的读书风景。

网友曾评价百草园说：“百草园书城更像是醴陵的美学综合体，一个城市的文化地标，它给我们创造视觉美感，带来空间享受，以及彰显真切的人文关怀。”书店经营虽各自有道，但对百草园来说，未来之路同样充满了艰辛与趣味，这样的体验也算是醴陵的书故事了。

在闲聊的同时，我也留意书店的选品，虽然不是以社科人文类书籍为主，却也并非成功学、鸡汤类读物的天下。

在我们探访百草园书城后，醴陵古旧书展正式拉开了帷幕。

在会场我注意到世伟先生一直守在会展的现场，与新旧书店的朋友交流。“我们是第一次参加这样的活动，也让我们意识到书店要经营得更好，需要更多的策略。”

我们有理由相信，在醴陵，百草园书城以自己的特色坚持做下去，也会始终处于领读者的地位。

后记

每次从书店或书摊归来，翻阅着淘来的几册书，都有一种幸福感充溢于内心。这样的惊喜虽然越来越难得了，但我依然保持着逛书店的习惯。作为“书店病人”，也时常在给自己提个醒：还有许多书店未曾去游逛一番。

逛书店也需缘分。这些年逛下来的印象是，也有一些城市未曾去过，但一直通过网络关注书店的动态。不管怎样，总是在某种场所与书店发生或多或少的交集，这种交集即是书与人的相遇。虽然说不少书店看上去大同小异（个性化越来越少），却还是有些微差异，毕竟爱书的店主总能带给读者不一样的阅读体验，包括店面设计、书籍陈列、活动开展，等等，更是其个性化的展现。

现在几乎每座城市都有其地标性的书店，这些书店代表着当地的人文气质，阅读活动的开展，日常书店的管理，都能给读者带来更多的阅读现场感。当你去过西安的万邦书店，南京的先锋书店，或者其他城市的独立书店，你会发现它们代表了不同城市文化的魅力，由此延伸出的书店文化也有着明显的差异：倘若离开了书店人的思想，可能就看不到书店的光芒。

在逛过多座城市的许多书店之后，或多或少都会留下这样那样的感想，至于其中有多少创见，那就是另外一回事了。

在逛书店之余，我记录下诸多的观感，从不同的角度阐释书店的内涵。感谢这些年来，《信息时报》、《深圳商报》、百道网等给予的支持，尤其是石家庄的韩松兄做的“书店故事”新媒体，每年都要写一写逛过的书店印象记，至今已经写了五年，这种宽容让我在书店的话题上有了更多的关注。

逛书店是说之不尽的话题，对爱书人来说，总想相遇一种美好。从不停地逛书店到评说书店，一路走来，我看到了书店的兴衰，从前几年书店关门引发的惊叹，到现在书店歇业的司空见惯，其实也是当下文化的一种演变。我们不必给书店赋予更多的文化要义，就如同在日常生活里的种种，细碎而繁复，怎么样给书店以客观的认知，其实也反映了我们这个时代的风尚。

《我在书店等你》，是一种邀约，同时也是对书店理念的认同，当我们与书籍在书店相遇，注定会有新的故事发生：可以想象这样一种阅读场景，它并不奢华，却有着生命的温度。

最后，还要感谢金城出版社编辑老师的不懈努力，才有了这本《我在书店等你》的问世。

2019 年 12 月 31 日